RELATOS INTRANQUILOS PARA VIAJEROS

Hay viajes que te hacen de tal manera, que después es imposible deshacerse…

LL BELTRÁN

Copyright © 2017 María Dolores Llatas Beltrán

1ª Edición

Todos los derechos reservados.

ISBN: 9781521765296
Sello: Independently published

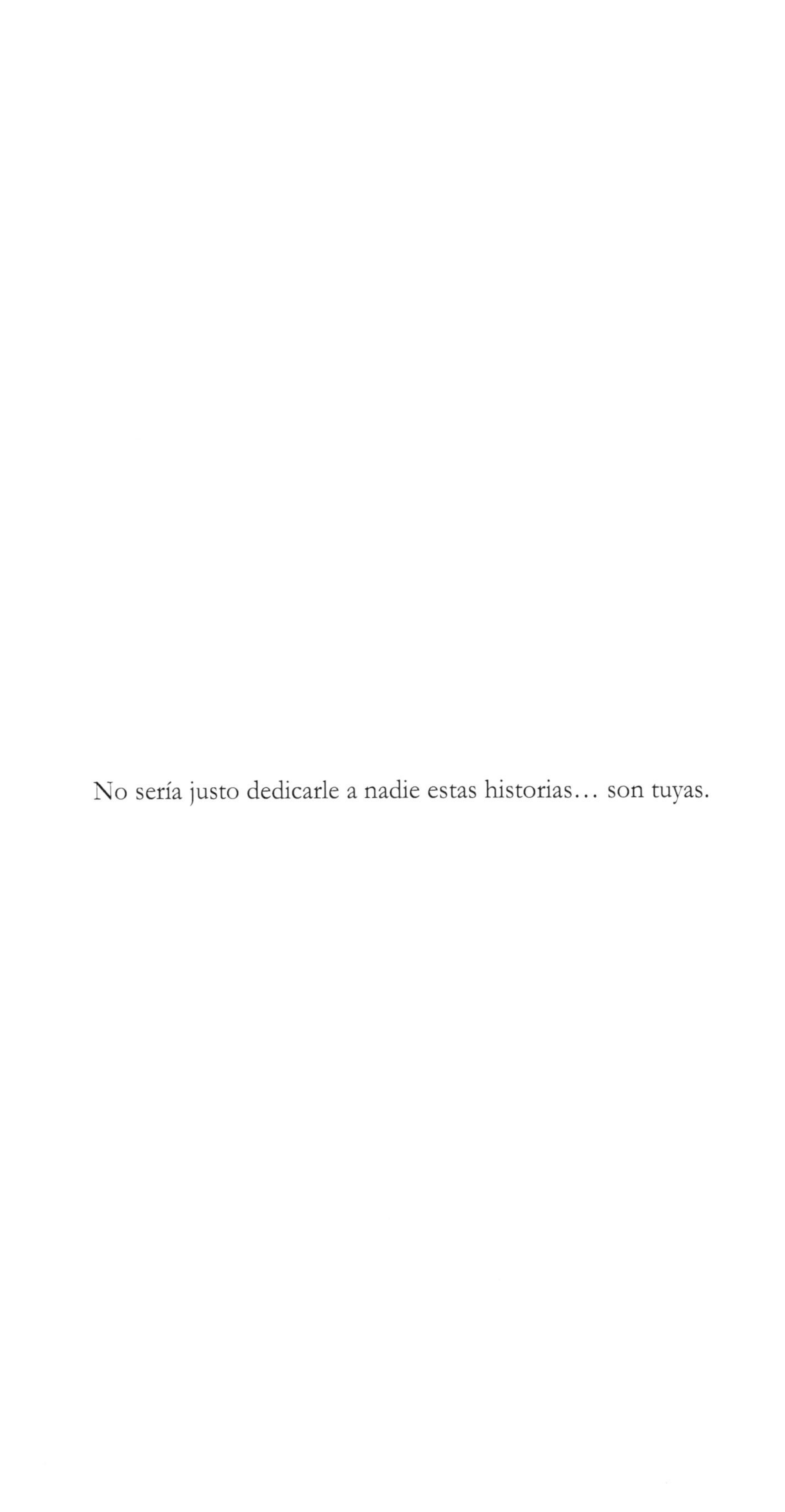

No sería justo dedicarle a nadie estas historias… son tuyas.

CONTENIDO

AGRADECIMIENTOS

Gracias a mi marido, a mis hijos y mis padres, por haberme hecho entender que trabajo mejor bajo presión…

A María José Ibáñez Cattaneo, mi correctora, por apostar por el gran equipo que formamos…

A Francisca Marco, la fotógrafa, por pensar en este libro cada vez que apuntaba con su objetivo.

1 VARANASI - INDIA

Ya sabía yo que algo raro pasaba.

Lo intuía por pequeños detalles, cosas que de repente parecían no encajar… Pero claro, ¿cómo me iba yo a imaginar que estaba muerta? Aquello era lo último que se me podía ocurrir. Una no piensa esas cosas de sí misma.

Mis sospechas se confirmaron cuando bajé a recepción. Quería pagar lo que me quedara pendiente e irme de aquel pequeño hostal. Quince días habían sido suficientes en la ciudad de los muertos, a orillas del Ganges, y lo último, me habían robado la cartera, así que no solo me iría de allí, sino que incluso abandonaría Varanasi.

Tras el mostrador estaba el Sr. Kumar, el dueño, que a decir verdad nunca me había tomado demasiado en serio. Una chica de mi edad y viajando sola… no era lo más apropiado según él y me lo hacía ver con caras de desprecio cada vez que se le presentaba la ocasión. No es que me molestara realmente, ya me había medio acostumbrado, pero la forma en la que me había estado ignorando los últimos días era demasiado, incluso para él.

Tampoco entonces me prestó atención. Recuerdo que le protesté en inglés, para que algo entendiera, enarbolé mis derechos internacionales a hacer lo que me diera la gana y apelé a la igualdad y justicia universal, pero ni aun así se dignó a mirarme.

Fue entonces, fuera de mí, cuando intenté agarrarlo, girar su cabeza con mis propias manos para que me mirara de una vez y decirle que en los últimos cuatro días se había desocupado por completo de mi habitación, cuando me di cuenta de que no podía tocarlo.

Mis dedos se fundieron en su nuca.

Era etéreo.

Era aire.

Era nada.

Por supuesto que me horroricé, y mucho. Solté un grito espantoso, pero lo peor vino cuando pasé mis dedos por encima del timbre de llamada que había sobre el mostrador y me di cuenta de que el etéreo no era él, sino yo.

Retrocedí hasta el rincón más cercano, protegida en el encuentro entre las dos paredes, y allí pasé por todos los estados anímicos posibles: terror, sorpresa, negación, aceptación, rabia, y el peor… incertidumbre. Incluso me llegué a sentir estúpida. ¿Cómo no me había dado cuenta antes? Llevaba días sospechando que algo sucedía pero… ¿cuánto tiempo exactamente llevaba así?

Mientras todo aquello pasaba por mi cabeza aquel vestíbulo del hostal, tan machacado y conocido hasta entonces, me pareció extraño.

Supongo que es normal ver todo desde una perspectiva diferente cuando se carece de perspectiva y no eres más que un espíritu acorralado en un rincón. Los colores parecían moverse, cambiar de intensidad, no sabría cómo explicarlo. Era como si en el mundo en el que me encontraba ahora lo estático se volviera dinámico, como si pudiera ver el aura de todas las cosas, y me estremecí al pensar que nunca nada sería como antes.

Estando yo allí agazapada pasó por delante de mí la señora inglesa, la que también viajaba sola y había coincidido conmigo en los dos últimos desayunos. En aquel momento entendí por qué se había estado sentando tan cerca de mí, invadiendo de aquella forma tan brusca mi espacio, y entendí también que no se inmutara ante mis protestas. Yo que pensaba que quería seguir el viaje conmigo, pegárseme como una lapa… y después se levantaba y se iba como si yo no existiese.

¡Y es que yo no existía!

No estaba allí.

Pero… ¿cómo era aquello posible?

Me había dado una ducha aquella misma mañana, no más de una hora antes, y me olí los brazos y el cabello. Olía a gel y a suavizante. Me había duchado, eso era un hecho. ¿Cómo podía haberme duchado? ¿Cuánto tiempo llevaba así? ¿Qué debía hacer?

Salí del hotel y caminé por las calles de Varanasi. Estaban tan concurridas como en los últimos días pero no era un problema para mí.

Tenía espacio de sobra.

Olía a sándalo y jazmines mezclados con polución y agua estancada, pero ese día no me importó. Respiré hondo, procuré tranquilizarme y extendiendo los brazos cerré los ojos con fuerza y, allí, en medio de las calles más ajetreadas de la ciudad, dejándome invadir por los rayos de sol y con los cuerpos de los vivos pasando a través de mí, me relajé.

Era brisa.

Era ligera.

Me sentí entonces tranquila, increíblemente tranquila, al caminar, al fluir y, aunque miles de cosas debieran haberme preocupado, en aquel momento no pensaba en nada.

Me dejé simplemente llevar por las sensaciones que desprendían las calles y sin saberlo llegué al pequeño mercado ambulante, el que estaba junto a las escaleras que bajaban al Ganges.

Sin saber por qué tuve claro donde ir y, sin dudarlo, me metí en la carpa del vendedor de sedas. Ya había estado allí unas cuantas veces, se podría decir que era clienta habitual, y tal vez por eso mis sentidos, o lo que fuera, me habían llevado hasta allí.

Entré y había dentro una chica, otra turista de más o menos mi edad. El comerciante, el bueno de Vikrim, le mostraba sus mejores adquisiciones y, por supuesto, no repararon en mi presencia.

Total, yo no era más que aire, así que no pensé que les importara que atendiera a la exposición. De paso me detendría por un rato, no es que estuviera cansada, o tal vez sí, no estaba muy segura de ello.

Aquella chica tenía los ojos puestos en los cientos de telas que colgaban de las paredes y las que tenía extendidas en el suelo, a sus pies. Reía cada vez que Vikrim rasgaba más bolsas y prometía enseñarle el más espectacular foulard de todos; después los desplegaba en el aire y los dejaba flotar frente a ella.

—No hace falta que me enseñes más —le pedía la chica.

Pero no servía de nada, eso también se lo decía siempre yo y no hacía ni caso.

Era agradable estar allí y dejarme empapar por las sedas y los colores, pasar a través de ellos, respirarlos y, por un momento, no pensé en nada más.

Todo estaba bien.

Todo era como debía ser.

Me gustaba observar el juego desde fuera, sin la presión de no saber cuál llevarme, o cuánto ofrecer por él, aquello era lo que peor había llevado siempre. Al final el vendedor le ofreció té mientras conversaban acerca de los planes de viaje de la chica.

Ella le llamaba “amigo” y recordé que yo solía llamarle “amigo” también.

Seguro que mi “amigo” ni siquiera sabría que estaba muerta, que era aire, que estaba allí sentada; con ellos.

Y ante este último pensamiento algo dentro de mí, si es que acaso tenía dentro y fuera, se revolvió y tuve que salir de la carpa. Me dolía el cuello, me estaba asfixiando.

Observé entonces a mi alrededor, otra vez en la calle, con mis ojos nuevos de muerta; o de espectro; o de fantasma y entendí, entonces, por qué me parecía que la ciudad había estado más concurrida durante los últimos días. De hecho era aquella sensación otro factor por el que me había decidido a dejar Varanasi, ir a Mumbai tal vez.

Allí había dos mundos y yo no era la única del segundo que rondaba.

Los vivos andaban y los muertos les seguían formando parte de la comitiva de sus propios funerales, hacia el sagrado Ganges.

Se apeaban de los trenes y ayudaban a bajar del techo de los vagones sus cuerpos embalsamados, en procesión hacia el río… hacia la inmortalidad.

¿Y yo? ¿Hacía donde debía ir yo?

Nadie reparaba en mí, ni los vivos que no me veían ni los muertos que estaban a lo suyo, ocupados en su fiesta de despedida y llegué a preguntarme si me iba a pasar la eternidad de aquella manera, visitando tiendas de sedas y fingiéndome viva por un rato. Tal vez incluso podría jugar a dar consejos acerca de colores y tamaños.

Pero no podía ser así…

Y de repente vino a mi mente aquel hombrecillo del hostal, el hindú menudo que no me quitaba ojo de encima últimamente. Me había estado observando incluso el día anterior, cuando ya no existía para nadie, cuando ya la mujer inglesa invadía mi espacio y respiraba mi aire.

¿Sería otro fantasma?

Sin pensármelo dos veces corrí de vuelta al hostal. Aquel hombre solía acudir por la mañana, a cosa de las diez, y algo me decía que debía hablarle. Se percataba de una presencia que no tenía, me buscaba con una mirada que, incluso, me había hecho sentir incómoda en un par de ocasiones.

Había estado convencida de que se trataba de un acosador o algo así. Una tiene que andar con mucho cuidado cuando viaja sola… o mira como puede acabar.

Entré en la sala de té del hostal, pequeña, sin ventanas, que olía a humedad y moho y él estaba allí, esperándome.

Cuando me senté a su lado ni se inmutó, como si aquella silla me hubiera estado esperando desde siempre. Me saludó con un leve movimiento de cabeza y yo le sonreí.

Era agradable existir para alguien.

No estaba sola.

Me daría respuestas.

El Sr. Kumar se acercó entonces a nuestra mesa y le sirvió un té.

¿Cómo podía estar sirviéndole té? Aquello me desconcertó muchísimo.

Y cuando estuvimos de nuevo solos, aquel hombrecillo me miró de reojo y me habló sin mover los labios ni emitir sonido alguno: "No soy como tú", me dijo con sus pensamientos. Y sorbió un poco de su bebida.

Después me acercó una hoja de papel que había sobre la mesa y la giró un poco para que pudiera verla de lleno. Era la noticia de mi desaparición. El propio Sr. Kumar había alertado a la policía de que llevaba ya cuatro días sin volver al hostal y allí había una cuartilla con la foto de mi pasaporte, que debieron fotocopiar de la copia que dejé en recepción, junto a una lista de mis características físicas y la ropa que vestía la última vez que me vieron.

Me miré y era la misma ropa que llevaba en aquel momento.

Cuatro días, lo que me había figurado yo.

Había estado haciendo el tonto por ahí cuatro días, haciendo fotos y escribiendo en mi diario. Qué vergüenza.

"No eres la primera", pensó para mí aquel hombre. "Ha habido más. El Sr. Kumar estaba muy preocupado, dice que intentó advertirte, decirte que no fueras sola por ahí y al final me ha contratado para que averigüe si estás muerta, que por cierto lo estás, y en el caso de que así sea, que lo es, y sigas por aquí, limpiar tu espíritu del hostal. No quiere almas como la tuya en su casa. Lo revolvéis todo y le gritáis en sueños."

Aquello sí que no me lo esperaba. Y lo de que el Sr. Kumar hubiese velado por mí, tampoco.

Pero bueno, lo que me estaba diciendo era que me echaban, con muy poco tacto a mi parecer.

—¿Qué me ha pasado? —le pregunté temiendo escuchar la respuesta. No quería una muerte violenta.

Y el hombrecillo se encogió de hombros.

"Eso solo lo sabes tú… y el responsable si es que lo hubo. Recordarás cuando estés preparada."

¿Y entonces?

—¿No debería estar ahora mismo caminando hacia alguna luz?, ¿subiendo al cielo? He sido una buena persona, ¿qué hago aquí?

Y volvió a encogerse de hombros.

"Todo a su debido tiempo."

¿Tienen tiempo los muertos? Estaba empezando a desesperarme. En lugar de obtener respuestas me asaltaban cada vez más preguntas. Casi estaba igual que antes.

"Debes irte", me pensó aquel médium.

—¿Me estás echando? Es muy poco considerado teniendo en cuenta mi estado, aún estoy en shock. ¿Vas a exorcizarme o a barrerme como si fuera polvo o algo así?

Aquel hombre esbozó una sonrisa y me miró entonces abiertamente.

"Es por tu bien, precisamente ahora que estás en shock. Si no te vas ahora podrías quedar ligada a este lugar para siempre, y este no es tu sitio. Me lo agradecerás."

Tragué saliva aunque en realidad no podía tragar nada.

Vi como aquel hombre sacaba una bolsa de tela del maletín que descansaba a su lado, en el suelo, y supe que iba a hacer algún tipo de ritual para deshacerse de mí. Abrió la bolsa y sacó aceites que fue mezclando entre sí y restregando sobre mi fotografía, y fui entonces consciente de que se me acababa el tiempo con él.

—Antes de irme —le dije—, una pregunta estúpida, lo sé, pero ¿cómo me ves tú? ¿Soy una especie de zombi descompuesta?, ¿un espectro azulado con los ojos en blanco?

"Eres una agradable y perfecta esfera de luz".

Y me miré entonces los brazos. Aquello no era posible. Mis brazos estaban allí, sólidos.

Cuando levanté la vista de nuevo hacia aquel hombrecillo yo ya no estaba allí. Me habían echado.

Anduve sin rumbo como alma en pena, nunca mejor dicho, hacia la orilla del Ganges, caminando entre los bailes de las cremaciones y los gritos de los que lloraban.

Yo era el humo de las hogueras que se mezclaba con las nubes bajas, pero aun así, me sentía pesada.

No sabía donde ir y me dejé llevar de nuevo, durante horas, junto a las aguas marrones y las ofrendas de la orilla, hasta que cayó la noche.

No dejaba de oírse la música, más nítida a aquellas horas en las que no se mezclaba con el ruido de la muchedumbre, y me sentía bien, de eso se trataba, al fin y al cabo estaba en la ciudad de los muertos.

Miré a mi alrededor y me encontré de repente en un lugar conocido. Yo había estado allí antes, podría jurarlo.

Di media vuelta sobre mí misma y solo vi quietud y oscuridad. Debía ser algo más de las diez y las escaleras al río estaban vacías, nada que ver con el trasiego de gente de hacía unas horas, a pleno sol.

Me senté al comienzo de la escalinata que llegaba hasta el agua, allá abajo, y se sumergía en ella y de repente… recordé.

Si seguía la orilla del río hacia arriba, a unos cien metros encontraría el templo de Shiva. Incluso recordaba haber puesto una ofrenda allí, hacía al menos cinco noches, sobre aquellas horas más o menos. De hecho me miré la muñeca y aún tenía atada allí la pulsera de hilo, la que me dio el guardián del templo por mi ofrenda, con los extremos tan largos que tendría que cortarlos.

Nunca llegué a hacerlo.

Y recordé más.

Vikrim fue el que me llevó a aquel templo. Mi "amigo".

Me levanté y me dirigí hacia allí, podía distinguirlo a lo lejos, y mientras lo hacía, más imágenes asaltaron mi mente, o lo que fuera que tuviera entonces.

Oscuridad. Angustia. Miedo.

Las manos de Vikrim alrededor de mi cuello.

Y la respiración que no tenía se me aceleró.

No podía ser posible…

Floté deprisa. Estaba aturdida y mareada. Me dolía el cuello, no podía respirar y avanzaba rápido para escapar de aquella sensación. Tosía. Me faltaba el aire que no necesitaba. Si no fuera imposible, incluso juraría que vomité.

Y cuando me acerqué al templo de Shiva lo vi allí. Salía con aquella turista y venían los dos en mi dirección. Era la que había encontrado aquella mañana en su tienda, la que también le llamaba "amigo".

Reían acerca de lo largos que habían quedado los extremos de la pulsera de hilo que acababan de ponerles en el templo.

Igual que reí yo. Lo recordaba todo.

Andarían unos cuantos metros más, hasta las escaleras en las que había estado sentada minutos antes y la estrangularía allí. Después le robaría la cartera.

Así sucedería.

Así me sucedió.

Y a partir de ahí todo pasó muy rápido, más de lo que tardaré en contarlo.

Me planté frente a él, en sus mismas narices y me vio. Sabía que lo haría. Sus ojos se abrieron tanto que parecía que se le iban a salir de las cuencas. Su boca intentó gritar, alto, pero solo consiguió emitir una especie de aullido apagado.

Lo miré fijamente y lo empuje.

Cayó rodando por las escaleras. Se golpeó en cada uno de los escalones de piedra sin saltarse ninguno, mientras la turista gritaba y se llevaba las manos a la cabeza.

Ella no me vio, eso también lo supe.

Bajé detrás de Vikrim, pisando sobre los restos de sangre que dejó su cuerpo y, cogiéndolo de aquella pulsera de hilo con los bordes excesivamente largos, lo arrastré desde el último escalón hasta el agua y seguí andando hacia adentro.

No supe exactamente donde murió, si en los escalones o ahogado bajo el agua cuando enganché la pulsera a aquel saliente del fondo. Su cuerpo no volvió a emerger, me daba igual.

Yo estaba en otras cosas.

Vi mi cuerpo allí, no muy lejos, en el fondo, envuelto. Tenía piedras atadas en los brazos y en los pies. Sabía que aquel bulto era yo.

Liberé mi cuerpo de aquellos pesos y, descubriéndolo, lo empujé a la superficie.

Cuando asomé la cabeza, la turista estaba gritando y un grupo de muchachos bajaba corriendo las escaleras para ver de qué se trataba aquello.

Ellos fueron los que rescataron mi cuerpo.

No sé dónde lo llevarían exactamente, porque yo vi una gran luz brillante y hermosa y me tuve que marchar.

2 REGIÓN DE PILBARA - AUSTRALIA

A medida que nos adentrábamos en el desierto del Oeste de Australia quedábamos más maravillados por los tesoros que nos rodeaban. La crudeza del suelo rojo, los nidos de termitas altos como volcanes, la amplitud del cielo y las propias nubes que parecían pintadas sobre un lienzo de cristal.

No esperábamos que aquella inmensidad fuera a enamorarnos como lo hizo. Los colores eran tan vivos y las puestas de sol y los amaneceres tan intensos que nos dejaban sin palabras. Los canguros gigantes y los emús corrían libres formando sombras que se extendían gigantescas en el horizonte y los buscábamos ansiosos entre los colores del terreno.

Todas aquellas maravillas nos obligaban a querer más, a ansiar verlo todo, buscando sentirnos parte de aquella majestuosidad, así que, una vez en Port Hedland, decidimos seguir hacia el norte bordeando la costa hasta Broome, a unas seis horas por la National Highway 1. Allí haríamos una paradita en Cable Beach y, de ahí, saltaríamos hacia el interior, al cráter de Wolf Creeck, a unas trece horas de distancia a través de la Great Northern Highway. Nos adentraríamos en Australia Continental y el desierto más absoluto: el Outback.

No estábamos locos y nos habíamos informado a conciencia de los peligros a los que nos exponíamos. Sabíamos que estaríamos solos, aislados, y que no debíamos viajar sin sol o correríamos el peligro de que un canguro se nos echara encima de la furgoneta. Sabíamos más que eso, íbamos más allá, y habíamos leído acerca de turistas desaparecidos o encontrados deshidratados a escasos metros de su vehículo.

Íbamos preparados.

Habíamos planificado las rutas y tomaríamos solo carreteras principales, nada de desvíos que pudieran acabar en ninguna parte. Teníamos provisiones de sobra, agua para aburrir, dos garrafas de combustible, dos ruedas de repuesto y un par de baterías, por si acaso.

Nos habíamos leído todos los manuales.

Hicimos una parada entre Port Hedland y Broome, en Port Smith, para tomar algo y hacer unas cuantas fotos, y fue allí cuando la vi por primera vez.

Habíamos circulado solos durante horas sin que nadie se nos cruzara, por eso me fijé en la camioneta que llevábamos detrás, simple curiosidad, o aburrimiento, no sé. La vi adelantarnos y la pude inspeccionar más de cerca. Era gris con dos franjas de pintura roja, una a cada lado, y la matrícula terminaba en cinco.

Yo siempre suelo fijarme en esas cosas, se me quedan detalles sin ningún motivo, así que cuando volví a verla detrás, a la entrada de Broome, horas después, fue cuando me resultó extraño.

¿Nos había seguido?

Menuda casualidad, y decidí comentarla con Hugo.

—Vaya —me dijo—, si es que esta debe ser, aquí donde la ves, la carretera más transitada de esta parte del mundo, así que es normal.

—Lo sé —le dije—, pero es que nos adelantó en Port Smith y ahora la llevábamos detrás al llegar aquí, ¿no te parece que…?

—¿Qué seguramente lleve nuestra misma dirección? No lo pienses más. Quien coge esta carretera es para llegar hasta aquí, pocas opciones más hay.

Y ahí quedó la cosa. Y yo me olvidé también del tema.

Estábamos cansados. Habíamos conducido los dos durante todo el día, incluso después de haber atardecido. Vigilábamos con mil ojos la carretera y los canguros que pudieran asomarse y saltar hacia nosotros. De hecho habíamos visto unos cuantos, de los grandes, machacados en la cuneta y junto a alguno, marcas de ruedas quemadas. Se nos ponía la piel de gallina solo de pensar en el choque que debieron provocar.

Pasaríamos la noche en Broome y partiríamos por la mañana, era lo mejor.

Me levanté para ver amanecer, porque me prometí a mí misma no perderme ninguno mientras estuviéramos allí y, antes de ponernos en marcha, desayunamos copiosamente y estudiamos de nuevo la ruta.

Aún no teníamos claro que haríamos después de Wolf Creek, el cráter de meteorito de trescientos mil años de antigüedad y casi novecientos metros de diámetro. Podríamos seguir al Norte, a buscar de nuevo la costa de Darwin y bajar desde allí, o seguir por el interior, pero no nos preocupaba demasiado. Esperábamos sentirnos inspirados para tomar aquella decisión una vez llegáramos a nuestro destino. Teníamos muchísimas ganas de ver el cráter con nuestros propios ojos.

Entre unas cosas y otras salimos a las diez, siempre suele pasarnos, así que nos hicimos a la idea de parar lo justo durante el trayecto mientras hubiera sol y conducir muy despacio una vez hubiera anochecido. Podríamos incluso hacer fotos. El cielo estrellado era espectacular en el desierto sin la contaminación lumínica de las ciudades y sería romántico pasar la noche allí.

Creí volver a ver aquella camioneta a la hora o poco más de haber salido. Me pareció que era la misma, pero se mantenía tan atrás que a veces era difícil asegurarlo. Tenía un mal presentimiento.

Tragué saliva ¿Se lo contaba a Hugo? Sabía lo que me respondería: que era una paranoica y que la carretera no nos pertenecía en exclusiva, así que decidí comprobarlo por mi misma antes de decirle nada.

—Hugo, cariño, para a un lado, por favor. Tengo ganas de vomitar. Necesito bajar un momento —inventé.

Me miró con cara preocupada y girando de manera brusca se apartó al arcén.

—¿Estás bien? —me preguntó en cuanto se hubo detenido.

Asentí con la mirada baja, bajé del coche y me incliné mirando hacia atrás como si fuera a vomitar, pero en realidad no quitaba la vista de encima a aquel vehículo. Se estaba aproximando. En cuanto nos adelantara vería si era la camioneta de Broome, ya faltaba poco.

Pero para mi sorpresa aquel coche se detuvo también, a unos doscientos metros de distancia, en el arcén.

Llevaba los faros encendidos y con aquel sol me era imposible distinguir más, pero, aquella parada y el presentimiento que no me abandonaba, me confirmaban lo peor.

—¿Estás bien? —me preguntó Hugo apoyándose en mi cintura.

Y me dio tal susto que me incorporé bruscamente, con el corazón que se me iba a salir del pecho.

—Sí, claro —le dije—, mucho mejor.

—¿Necesitas algo?, ¿te sentó algo mal?

—No, no, en serio, ya estoy mucho mejor.

Y aproveché entonces la ocasión para decírselo. La certeza, el presentimiento, eran demasiado intensos, pero aun así intenté sonar casual, sin mostrar mi verdadera preocupación.

—¿Has visto? Ese coche se ha parado allí también cuando nos hemos parado nosotros…

Y mientras se lo decía, lo miraba directamente para ver cuál era su reacción.

—Sí, qué cosas. Bueno, ¿seguimos? Hace muchísimo calor aquí fuera.

Al parecer para Hugo no significaba nada y seguramente estaría en lo cierto, así que intenté no pensar en aquello cuando subimos al coche.

Cuando miré a través del espejo de mi lado, a los pocos minutos, volvíamos a tenerlo detrás.

Vale que aquello no significaba nada, pero no podía dejar de estar alerta.

Estudié los mapas. En unas tres horas estaríamos en Fitzroy Crossing y a partir de ahí, ningún otro núcleo urbano hasta el cráter.

Cuando llevábamos unas dos horas más de camino con aquel vehículo detrás, a lo lejos, saqué el tema.

—¿Te imaginas que nos siguieran? Hipotéticamente, digo —le pregunté— ¿Qué harías?

—¿Aún crees que nos siguen? —me preguntó.

Al parecer no había sonado tan hipotéticamente casual como pretendía.

—No —me disculpé—, solo era para hablar de algo. Los dos sabemos las historias de los locos, los criminales peligrosos, los psicópatas que se esconden por estas soledades... ya sabes, leyendas urbanas. Pero va, imagínate que nos siguen, ¿qué harías?

—No sé —dijo Hugo distraído—, imagino que intentaría despistarlos, colocarme detrás de ellos y darles un buen susto, por detrás, inesperado.

Y me miró con cara de malo, riendo, sacando músculo.

—En serio, no seas así, no nos persigue nadie —dijo.

—Bueno, lo podremos comprobar fácilmente, cuando paremos en Fitzroy Crossing para repostar. Si se trata de una camioneta gris con dos bandas rojas, una a cada lado, es el mismo coche que llevamos detrás desde el principio.

Hugo me miró entonces muy serio.

—¿Lo dices de verdad?, ¿en serio estás convencida de que el coche de atrás nos sigue? Eres imposible, y no te preocupes, que no vas a tener que esperar ni una hora para comprobarlo, que ahora mismo salimos de dudas. Ahora me aparto al arcén y los dejo pasar.

Y dando otro giro brusco de volante nos salimos de la carretera y ahí nos quedamos, él con los brazos cruzados y el semblante serio; yo expectante, deseando tener razón, o no tenerla...

Pero como en la ocasión anterior, la camioneta no nos adelantó. Se paró en el arcén, detrás, a unos doscientos metros y los focos encendidos, otra vez.

Yo miré entonces a Hugo y él a mí.

—Esto es de locos —me dijo enfadado.

Y se puso en marcha tan súbitamente como se había detenido, sobrepasando con creces el límite de velocidad, hasta que no vimos a nadie detrás.

—¿Ves qué fácil? Ya no nos sigue nadie, y si lo hacen, tendrán que sudar un poco.

No me atreví a decirle más. A aquellas alturas no tenía ni idea de lo que pasaría por su cabeza, si pensaba que en realidad nos seguían, o no. Así que mientras íbamos conduciendo al límite, me dediqué a observar el paisaje. Era imponente, pero no conseguía que dejara de pensar en lo que me preocupaba de verdad. De repente venían a mi cabeza ideas horribles de asesinos, pervertidos… y la soledad y la paz del paisaje se hicieron demasiado pesadas.

No hablamos hasta llegar a Fitzroy Crossing, cada uno metido en sus propios pensamientos, y agradecí por fin tener la oportunidad de estirar las piernas. Hacía calor.

Hugo condujo hasta el centro de visitantes y aparcó junto a unos árboles. Delante teníamos la carretera por la que acabábamos de llegar y, cuando me disponía a bajar, me cogió del brazo y me detuvo, con los ojos aún clavados en la Great Northern Highway, a través de los árboles.

Lo miré extrañada.

—Vamos a ver si es tu camioneta o no. Tarde o temprano tendrá que pasar por aquí.

Lo dijo serio, ausente, y yo me quedé callada, quieta. Al fin saldríamos de dudas.

—Bueno —le dije para tranquilizarlo—, si fuera la misma tampoco implica nada. Tú mismo dijiste que esta es la única ruta que…

—¡Vale! —me chilló—. ¿En qué quedamos? Ahora que te hago caso, que intento ver qué pasa… ¿ahora no pasa nada? Veías demasiadas historias de locos escondidos en colinas y desiertos… ¡te lo advertí!

Aquello era nuevo. Hugo gritando. No se lo permitiría, pero cuando iba a contestarle la vimos pasar y nuestros ojos siguieron su trayectoria hasta que desapareció en la distancia.

Era gris con las franjas rojas. La misma camioneta, significara lo que significara aquello.

Llevaba dos ocupantes, un hombre y una mujer.

Nos miramos y Hugo se puso en marcha de nuevo, hacia donde se habían marchado.

—¿Qué haces? —le dije.

—Quiero tener controlados a esos dos.

Y yo no dije nada más.

A los pocos minutos vimos la camioneta aparcada en la gasolinera. Estaban repostando.

—La camioneta está ahí, Hugo —le dije—, pero ellos no.

—Deben estar dentro del supermercado —me contestó con los ojos clavados en el vehículo.

—¿Y ahora?

Pero Hugo no me contestó y se dirigió a la gasolinera también. Dio otro volantazo y se colocó junto a un surtidor vacío.

—Vamos a repostar —me dijo muy serio— y comprar algo de comer, adentro.

Dimos la orden al empleado y entramos en el supermercado. Hugo los estaba buscando, pasillo por pasillo, yo estaba pegada a él, un paso por detrás.

Los encontramos en el tercer corredor y Hugo se acercó a ellos sin ningún disimulo mientras yo le tiraba de la manga de la camiseta. Aquella pareja dejó lo que estaba haciendo y nos miró, la mujer extrañada; el hombre serio.

La conversación la tuvimos en inglés, por supuesto, pero fue algo así como:

—He observado que los llevábamos detrás, todo el camino, que incluso se paraban cuando lo hacíamos nosotros —dijo Hugo, directo al grano.

El hombre se adelantó hacia él. Era grande, fuerte, llevaba un sombrero de piel de canguro y la camiseta sudada. Sacó aún más pecho que Hugo y le dijo:

—Se nota que no sois de aquí, chico, y aunque a mí no me importa un bledo que salgáis vivos de este desierto, aquí mi mujer se preocupaba y me hacía parar cada vez que dabais un volantazo y os salíais de la carretera. Queríamos asegurarnos de que estabais bien.

Y a medida que hablaba se iba a acercando más y más a Hugo, desafiante, hasta que sus caras estuvieron a un centímetro de distancia.

—¿Y por qué os deteníais tan lejos de nosotros? —preguntó Hugo con el tono más sosegado, dudando si seguir hablando o callar.

Y el hombre, que estaba ganándole terreno en todos los sentidos, le dijo:

—Para evitar encontrarme con tu cara si no era estrictamente necesario.

Después dijo algo a su mujer, en un inglés tan rápido que no pudimos entenderlo, y cuando se marchaban fue ella la que se volvió a nosotros y moviendo los labios, nos dijo: "Daos por jodidos".

Hugo y yo nos miramos.

—¿Ha dicho lo que creo que ha dicho? —me preguntó.

Yo no sabía que conclusión sacar de todo aquello.

Estábamos en la cola de caja cuando los vimos subir a su camioneta a través del cristal. No los perdíamos de vista. Hablaban entre ellos y estaban serios, con los rostros sombríos, agresivos.

Se pusieron en marcha pero aminoraron la velocidad al pasar cerca de nuestra furgoneta y, yo no sé a Hugo, pero a mí se me congeló el corazón. Estuvieron allí parados unos segundos, hablando entre ellos y la señalaban.

Después se pusieron en marcha y se alejaron de allí.

—*Ninety eight dollars* —nos tuvo que repetir el empleado tres veces.

Salimos de nuestro trance y pagamos por el depósito y dos bidones más de combustible.

—Bueno, al menos se han marchado —dije a Hugo subiendo a la furgoneta.

Pero su cara parecía una sombra.

—¿Qué significa "daos por jodidos"?, ¿es una amenaza? Dime tú lo que es…

Estaba enfadado. Lo conocía bien. Aquel hombre lo había avergonzado y ahora transformaba aquella impotencia en rabia.

—¿No viste la cara que tenían de psicópatas? —me repetía—. ¿No sabes lo solitario que es esto? En este país desaparecen cada año treinta mil personas, lo oí en una película, ¿sabías? Sin dejar ni rastro.

El que me estaba asustando era él.

—Nos han amenazado —me dijo—, y nos seguían, vaya si nos seguían… y no me extrañaría que continuaran haciéndolo. Hay que andarse con mil ojos.

Vale, ya estábamos los dos alarmados y mucho.

—¿Y si damos media vuelta? —le propuse.

Aquel viaje, en aquel estado de nervios, no merecía la pena.

Hugo no me dijo nada pero salimos del pueblo en dirección a Wolf Creek.

Íbamos a más velocidad de la permitida y la aguja no bajaba de los ciento cuarenta por hora.

No nos dijimos nada y solo vi a Hugo cambiar el semblante cuando vimos la camioneta allá delante.

—Son ellos —me dijo.

Y sus ojos brillaron. Tenía lo que estaba buscando.

—¿Y? —le pregunté.

—Que ahora los tenemos nosotros delante, ¿entiendes? Los tenemos controlados, sabemos dónde están, ya no hay sorpresas.

Y continuaba con aquel brillo en los ojos que a mí me ponía los pelos de punta.

Yo no estaba segura de que aquello fuera una maravillosa noticia. Estar cerca de dos locos, por delante o por detrás, para mí era igual de peligroso. Aquellos dos tenían más dominio del entorno que nosotros, pero no sabía cómo decir todo aquello a Hugo y me limité a agarrarlo del brazo, apretarlo con fuerza.

Las horas pasaban lentas, pero pasaban, y la noche nos caería encima pronto. Estaba preocupada porque Hugo no estaba en lo que debía estar, en conducir con cuidado y evitar los canguros.

Hugo estaba obsesionado.

El paisaje había perdido toda mi atención y solo pensaba en la mirada enfermiza de mi novio, con la atención puesta en la camioneta, delante de nosotros, como si no existiera nada más.

—Hugo, volvámonos —le suplicaba—. Esos dos pueden ser peligrosos y nos tienen en su terreno. Jugarán con nosotros. Vámonos por favor.

La puesta de sol debió ser preciosa pero nos pasó totalmente desapercibida, como el resto de belleza que se amontonaba a nuestro alrededor y, cuando todo estuvo oscuro, la camioneta, delante de nosotros, desapareció.

—¿Qué diablos? —gritó Hugo.

A mí se me congeló un grito en la garganta y los dos buscamos a aquella gente a través de la oscuridad. No podían haberse esfumado.

Los coches no desaparecen por arte de magia.

—Aminora —dije a Hugo—. Se han parado en algún sitio y han apagado las luces. Están jugando con nosotros. Debemos irnos de aquí y pronto. Esa gente es peligrosa.

Hugo me hizo caso. Podía oír su respiración nerviosa y yo me arrodillé sobre el asiento para acercarme más a la negrura de afuera, intentando ver a través de la oscuridad, hasta que, efectivamente, pasamos por su lado.

Nos dimos cuenta cuando los tuvimos encima y para cuando reaccionamos y volvimos la cabeza para mirar, la pareja encendió la luz del salpicadero y se rieron en nuestra cara mientras nos hacían muecas grotescas y nos lanzaban insultos que quedaban mudos detrás del cristal.

—¡Ahora! —dijo Hugo—. ¡Nos vamos! ¡Y que no se atrevan a venir detrás o te juro que los mato!

Y volvimos a colocarnos a ciento cuarenta por aquellos parajes, bajo aquella oscuridad.

Era suicida.

—¡Hugo! —le chille para que reaccionara—. ¡Vamos a matarnos! ¡Vamos a comernos un canguro o algo peor!

Y efectivamente, pocos kilómetros después Hugo tuvo que dar un giro brusco de volante para esquivar un gran canguro parado en medio de la carretera, e hicimos eses y nos balanceamos peligrosamente hasta estar a punto de volcar. Después nos quedamos parados allí en medio, atravesados.

Respiramos hondo y Hugo condujo hasta el arcén.

—Lo siento —me dijo—, lo siento. ¿Estás bien?

Me había golpeado la cabeza contra el salpicadero pero estaba bien, asustada.

—Algo aturdida —le dije.

—Si es que vas arrodillada, mírate ¡Siéntate bien!

Otra vez chillaba. Estaba nervioso, era por la situación, así que opté por no decir nada y hacerle caso.

—¿Era un canguro? —pregunté.

Y Hugo asintió.

—Y de los grandes. Deja que te mire la cabeza.

Y cuando se inclinó hacia mí para ver si estaba herida, el vehículo nos pasó por el lado y sus luces nos dieron un susto de muerte.

—¡Esto acaba aquí! —chilló Hugo—. Son ellos o nosotros.

Estaba más enfadado que nunca.

Puso la furgoneta en marcha, como si lo que nos acababa de suceder no le hubiera servido de lección, y se lanzó a la caza del vehículo. Las luces traseras estaban allá adelante, no muy lejos, e iban mucho más despacio que nosotros, con precaución.

A nuestra velocidad los alcanzaríamos en un minuto.

—¡Vamos a darles un susto!, ¡uno de los buenos! —gritó Hugo, no sé si a mí, al mundo, al desierto o a quien y yo me cogí al asiento.

Aquello no pintaba bien y cerré los ojos.

Y Hugo se acercó tanto que golpeó al vehículo por detrás.

No salí de mi asombro pero de repente caí en la cuenta de que aquello fue lo que me dijo que haría si nos perseguían: "Colocarme detrás de ellos y darles un buen susto, por detrás".

Y el susto debió ser tremendo porque la camioneta de delante aceleró rápidamente, ganó velocidad, y fue entonces cuando me di cuenta de que algo no estaba bien.

—La matrícula no acaba en cinco —balbuceé.

—¿La qué? —me preguntó Hugo.

Y en aquel momento, allí delante, se dieron un golpe espantoso, un choque de frente y aquella camioneta saltó por los aires, rodó por la carretera y quedó boca abajo, tirada en medio.

Hugo y yo nos acercamos petrificados.

Primero vimos al gran canguro, reventado por el golpe, y, después, la camioneta.

La matrícula no acababa en cinco.

No tenía una franja roja a cada lado.

Ni siquiera era gris, sino blanca.

Bajamos de la furgoneta y nos acercamos aún más. Allí dentro había cuatro chicas, no aparentaban más de veinticinco y no respiraban.

Ninguna de ellas.

Los brazos les colgaban hacia abajo y las caras estaban ensangrentadas, descompuestas de miedo. Les habíamos dado un susto terrible.

Hugo y yo nos miramos.

Podíamos darnos por jodidos… para siempre.

3 PRAGA – REPÚBLICA CHECA

Cuando bajé del tren en Praga estaba molida. Me pesaba la mochila, me dolían los hombros y la espalda y las piernas apenas me respondían. Me notaba los pies latiendo dentro de las botas de montaña y los imaginaba llenos de rozaduras y ampollas.

Necesitaba un lugar en el que descansar, dormir, y después, una ducha también me vendría bien, pero era menos urgente.

Había estado buscando, desde el tren, cuál sería el hostal más cercano dentro de mis posibilidades, y a ese debía dirigirme, antes de acabar desplomándome en plena calle.

Después de andar lo que a mí me parecieron kilómetros, y que me hubiera llevado cinco minutos a ritmo normal, llegué ante una puerta marrón, alta y de madera. Llamé. Nada.

Volví a intentarlo, hasta tres veces más, y al final, cuando ya me sentía desfallecer, me abrieron la puerta tres chicas. Iban arregladas y se disponían a salir. Debían ser las siete.

—¿Hola? ¿*Hi*? —les dije.

Y en un inglés con marcado acento alemán me dijeron que pasara, que no había nadie en recepción en aquellos momentos pero que de seguro el dueño bajaría en seguida. Hablaban las tres atropelladamente, riendo, y después de despedirse de mí efusivamente, me dijeron que si quería fiesta había llegado al lugar indicado y que Franky me iba a encantar.

Yo no quería fiesta.

Efectivamente, el mostrador de recepción estaba vacío y me senté en un sofá allí mismo, esperando a que bajara el dueño de dónde quisiera que estuviera subido. Mientras tanto no dejaba de pasar gente; grupos de chicos y chicas vestidos para salir que se cruzaban por delante de mí y me saludaban, me preguntaban el número de habitación para pasarse después, e incluso me invitaban a irme con ellos.

Estuve tentada de ponerme en pie un par de veces y marcharme, segura de no estar en el lugar adecuado, pero me era imposible levantarme de aquel sofá. Me había atrapado.

Me prometí que si en cinco minutos no llegaba nadie a atenderme, me iría de allí, pero un hombre apareció a los cuatro minutos y treinta y seis segundos y, como soy fiel a mi palabra, me incorporé y me dirigí hacia él.

Era extremadamente alto, rondaría los dos metros, con la cara y los hombros cuadrados. Recordé entonces el nombre que me dijeron las alemanas, aquel debía ser Franky, por su parecido al monstruo de Frankenstein. El apodo le iba como anillo al dedo.

En el mostrador había un aviso especificando que allí se hablaba checo, inglés, francés y español, así que probé con el castellano.

—Una habitación por favor.

—Muy bien —me contestó—. ¿Por cuánto tiempo?

Hablaba muy bien, casi sin acento.

Me quedé pensativa.

—Digamos que una noche y veremos cómo va a partir de ahí. Verá… yo necesito descansar después de una larga…

—Señorita —me interrumpió muy serio—. Esto es un hostal. Si prefiere otro tipo de alojamiento le recomiendo el Mandarín Oriental o cualquiera de los hoteles lujosos del centro. Aquí lo mínimo son dos noches, a pagar por adelantado, y no tenemos habitaciones individuales.

Estábamos bien.

—Entiendo —le dije—, dos noches… ¿qué tiene?

—Dormitorio general, de siete, de cinco y de tres. Los precios van de cinco a doce euros.

Intentaba pensar rápido qué opción era la menos mala para mí.

—Las de tres, ¿están ocupadas?

—Hay dos chicas en una y la otra vacía… por ahora.

—Me quedo la vacía —le dije intentando llegar a un trato o algo así—. La pago entera por esta noche y mañana ya…

—Mínimo dos noches.

—¿Quiere que pague treinta y seis por noche, cada noche? Y si…

—Le repito —volvió a cortarme aquel hombre— que hay habitaciones disponibles en el centro, a partir de ciento veinte euros por noche, en la que podrá relajarse a su gusto.

Estaba a punto de desfallecer. No tenía fuerzas ni para revelarme, ni siquiera para parecer excesivamente fastidiada, y lo de irme a otro sitio a aquellas horas, con aquel nivel de cansancio y comenzar con aquella misma discusión en cualquier otro lugar era superior a mis fuerzas.

—Vale —le dije al final—. La habitación entera, por dos noches.

Y no tenía fuerzas ni para calcular a cuánto ascendía aquello.

—Necesito el pago, efectivo o tarjeta, y su pasaporte.

Se me hizo interminable el proceso del pago, fotocopiado de la documentación, revisión de las normas del lugar… se me cerraban los ojos.

Para postre, el baño y las duchas eran compartidos para toda la planta. Menudo negocio había hecho… pero a aquellas alturas me daba lo mismo.

Solo pensaba en dormir, y mucho.

Anduvimos por un pasillo y se abrió ante nosotros una estancia enorme, abierta, con camastros pequeños alineados unos junto a los otros y gente durmiendo allí, el dormitorio general. Subimos por una escalera hasta el primer piso y después otro más, al segundo, con los pies que ya me escocían de manera sobrehumana. Avanzamos por un corredor, a nuestra derecha se abrían las habitaciones; a nuestra izquierda, una barandilla que daba al dormitorio general, el de abajo.

Me tendió la llave cuando estuvimos junto a mi puerta y mientras se marchaba me dijo que si no lo encontraba en recepción estaría en su oficina, en la cuarta planta y, cuando estuvo lejos, me despedí de él.

—Gracias por todo, Sr. Franky.

Se detuvo y se volvió hacia mí serio y rotundo.

—No me llamo Franky, sino Jorge.

—Disculpe, lo siento, unas chicas me dijeron que era su nombre, al entrar, mientras lo esperaba.

Y cuando volvió a lo suyo sonreí. Era mi pequeña venganza.

Encendí la luz y como esperaba: una litera, una cama individual, dos sillas y un escritorio con tres cajones, todo a punto de partirse por la mitad, viejo e hinchado.

Se me cerraban los ojos y me tendí en la cama individual.

Por fin.

Dormí profundamente, como no lo había hecho en años. Llevaba ya demasiado tiempo de viaje continuo, sin pegar ojo como era debido y había reventado allí, en Praga. Ya no solo era cansancio físico, sino que mi cuerpo me enviaba extrañas señales, dolores de estómago y de cabeza, obligándome a detener la marcha.

Durante ese sueño profundo me desperté unas cuantas veces, pero tan rápido como abría los ojos se me volvían a cerrar, a los pocos segundos. No podía controlar mis párpados y caía rendida de nuevo.

Una de las veces, durante esos intervalos, vi que la luz de la habitación estaba encendida y, aunque quise levantarme y ver qué pasaba, volví a quedarme dormida.

Aunque no tenía control sobre mi cuerpo, era como si mi mente estuviera lúcida y aprovechara cada vez que mis ojos se abrían para mirar qué sucedía.

Allí había alguien.

En otro de esos momentos de lucidez la vi… allí sentada, en la litera de abajo, frente a mi cama. Tenía el pelo negro y los ojos del mismo color, incluso recuerdo como iba vestida. Llevaba una camiseta blanca de manga corta que le venía excesivamente grande y unos shorts. Había una mochila a su lado. Y antes de poder decirle algo, preguntarle qué hacía allí, mis párpados se cerraron.

En la próxima imagen que vi de ella estaba también en aquella posición, sentada y sin quitarme la vista de encima. Abrió la boca, me decía algo, pero yo no oía nada y caí de nuevo en otro de mis sueños profundos.

La siguiente vez estaba junto al escritorio. Había sacado los cajones y pegaba con cinta adhesiva algo en la base de uno de ellos. Después los colocó de nuevo en su lugar.

A aquellas alturas, con alguien campando por la habitación que había pagado, yo me esforzaba por mantenerme despierta y parpadeaba, luchaba desesperadamente y en cada parpadeo, ella estaba más cerca de mí. Se aproximaba, cada vez más cerca, y cuando estuvo a un centímetro de mi cara… me debí quedar dormida otra vez.

Me desperté definitivamente sobre las once de la mañana mucho más descansada, y después de recordar dónde estaba, me incorporé de un salto y miré a la litera, allí enfrente.

Vacía.

La cama estaba hecha y no había mochila ni enseres de nadie. A aquellas horas se debía haber marchado seguro.

Me levanté sobresaltada y comprobé que todas mis cosas estaban allí: documentación, portátil y dinero.

No me faltaba nada pero aun así estaba enfurecida. El Sr. Frankenstein había tenido la desfachatez de alquilar la litera a alguien y, para colmo, por una sola noche.

Me había tomado el pelo y me iba a oír.

Me recogí el pelo en una coleta, me puse algo encima y bajé a recepción todo lo deprisa que mis doloridos pies me lo permitieron. Si no encontraba al gerente allí, lo buscaría arriba, o donde tuviera que buscarlo, me iba a oír...pero allí estaba, en el mostrador, tuve suerte.

Ojeaba el periódico y levantó la mirada cuando me vio llegar.

—¿Ha dormido usted bien en nuestra suite presidencial? —me preguntó con una sonrisa burlona.

Encima irónico.

—No sé cómo no se le cae la cara de vergüenza —le dije.

Y fue una lástima que no pasara nadie por allí en aquel momento porque lo que iba a decirle, cuanta más gente lo oyese, mejor. Así sabrían de la calaña que estaba aquel hombre hecho.

El Sr. Jorge me miró con atención. No se sobresaltó, ni siquiera pareció extrañarse por lo que acababa de decirle.

—Ayer metió a alguien en mi habitación —le dije— y quiero que me devuelva el dinero de inmediato. Me voy de aquí.

El hombre no cambió el semblante.

—Yo no he metido a nadie en tu habitación —me respondió muy tranquilo y serio—, así que baja los humos o tendrás problemas. No te voy a devolver el dinero ¿Cerraste la puerta? ¿La cerraste por dentro?

Y ahora era yo la que lo miraba a él, callada, intentando recordar si efectivamente fui yo, descuidada, la que se dejó la habitación sin cerrar.

No podía saberlo con certeza, y agaché la cabeza.

—¿Qué pasa? —me preguntó—. ¿Alguien entró?

—Sí, una chica morena, de pelo no muy largo y…

Pero el hombre había perdido todo el interés en nuestra conversación y continuaba con su periódico como si yo no estuviera allí.

—Cierra la puerta la próxima vez. Es tu responsabilidad.

Me había salido el tiro por la culata.

Subí a mi habitación fastidiada y me asomé a la planta baja. Los camastros del dormitorio general estaban apartados y apilados y alguien barría el suelo.

No había nada de actividad a aquellas horas. Supongo que los que no estuvieran durmiendo la mona estarían aprovechando el sol que se colaba por las ventanas, para explorar la ciudad.

Entré a mi habitación y la cerré para comprobar que el cierre funcionaba correctamente, y así era. Por más que me esforcé, no podía recordar si hice aquella misma operación la noche anterior, así que se podría decir que dejé abierto y se me coló alguien.

No volvería a pasar.

Cogí mis cosas de aseo y me dirigí hacia los baños. Había cuatro duchas al fondo y una zona extensa delante con lavabos, espejos y bancos. Aquel edificio debió ser un antiguo polideportivo, o gimnasio, o algo así, con la zona central de pistas de la planta baja donde estaba el dormitorio y aquellos baños que parecían un vestuario.

Al parecer era unisex, pero los cristales de las duchas eran traslúcidos. Cuando me metí en una de las duchas pude comprobar que había una cortina en la parte de dentro, un poco pegajosa y aún mojada de su ocupante anterior, pero al menos preservaba mi intimidad.

El agua salió desde el primer momento a la temperatura perfecta y por primera vez sonreí, pensando que no todo era malo. Aquella ducha era lo que necesitaba para revivir completamente.

Despegué un pie de la chancla y examiné la planta. Estaba roja y tenía heridas abiertas en la zona del dedo gordo. No podía seguir así, necesitaba salir, comer algo y comprarme un calzado más adecuado o se me acabarían cayendo los pies. El otro pie no estaba mucho mejor y apagué el chorro de agua por un momento para examinar las rozaduras de los tobillos.

Y fue entonces cuando oí un ruido.

Había alguien afuera y descorrí la cortina lo justo para poder ver de quién se trataba. Fue por precaución, más que por curiosidad, ya que estaba en una posición un poco vulnerable. Vi una silueta deformada por los relieves del cristal, inmóvil y mirando en mi dirección. Pelo oscuro, camiseta blanca, enorme… ¡era ella!

—¡Ey, tú! —le grité—. Espera que ya salgo ¡*Wait*!

Solté la cortina y me sequé a la velocidad del rayo. Me puse algo encima y mientras me subía los pantalones, aparté la cortina lo suficiente para ver si ella seguía allí y me di un susto tremendo. Allí estaba, con su cara prácticamente pegada en el cristal.

Resbalé hacia detrás y me golpeé la cabeza con la pared, tirando mi neceser al suelo mojado de la ducha.

Lo recogí todo a la carrera y cuando salí de allí, no había nadie.

Y en el pasillo tampoco.

Me asomé al dormitorio general y los pasillos que daban a él, en las demás plantas.

Nadie.

Aquello era extraño. Me dirigí a mi habitación, mirando en todas direcciones, girando sobre mis talones, pero allí no había nadie.

De nada servía ir al Sr. Franky a decirle que había vuelto a verla, que andaba por allí y que la detuviera. Me había dejado claro que él no se metía en ese tipo de asuntos y que me las apañara como pudiera.

Me metí en la habitación, cerré con llave y me vestí.

¿Quién era esa tipa?

A mi memoria vino de repente la imagen de aquella chica desarmando el escritorio para pegar algo en el fondo de alguno de los cajones y eso mismo hice yo. Palpé los cajones uno por uno y, en el segundo, en la parte de abajo, había algo.

Era un pasaporte.

Recuerdo que yo, hace años, solía guardar mi documentación más preciada de aquella misma manera, cuando llegaba a un hostal. Hoy en día, ya no era un secreto para nadie y casi mejor dejarlo entre la ropa.

¿Por qué había guardado el pasaporte en mi habitación?

Estaba zumbada.

Le despegué la cinta y lo examiné con cuidado.

Era chilena.

Ana María Legua Dominguez, nacida en Valparaíso el 13 de Febrero de 1980. Allí había sellos de todo los lugares. Era una viajera incansable. Y vi también un visado de entrada para Europa, fechado en 2011.

Busqué más pero allí no había nada. El visado actual debía llevarlo ella encima o algo así.

Y miré la fecha de caducidad del pasaporte: Junio de 2015.

Aquel pasaporte estaba caducado. No servía para nada. Por eso sencillamente, por algún tipo de ritual, manía o lo que sea, había decidido dejarlo olvidado allí.

Que tipa más rara.

Pero bueno, por si acaso se le ocurría volver a recuperarlo, decidí dejarlo en recepción, cuando salí a comer algo y a comprarme unas deportivas. Yo no quería que volviera a andar por mi habitación.

Allí estaba el Sr. Franky, de nuevo enfrascado en su lectura. Otra vez levantó la vista cuando me vio llegar.

—¿Todo de su agrado? —preguntó serio.

—Sí —le dije intentando sonar distante—, pero quisiera darle esto y que se lo haga llegar a la huésped que corresponda. La chica que entró ayer a mi habitación se lo dejó allí y no lo quiero entre mis cosas.

El hombre cogió el pasaporte y lo examinó detenidamente.

—¿Dónde dices que estaba esto? —me preguntó.

Y, en aquel momento, entraron las tres alemanas, las mismas con las que me cruzara al llegar el día anterior. Aunque las saludé efusivamente, para usarlas como escusa y no contestar siquiera al impertinente del Sr. Franky, me miraron como si no me conocieran de nada y siguieron con lo suyo. Yo me largué de allí.

Cuando regresé al hostal eran más de las siete y comenzaba a oscurecer. Me había llevado más de la cuenta encontrar el calzado que andaba buscando y tenía ganas de llegar a la habitación y descansar de nuevo.

Ni rastro del Sr. Franky en recepción.

Ni ganas.

A aquellas horas el hostal volvía a ser un hervidero de gente que se preparaba para salir y se llamaban los unos a los otros de un lado al otro del corredor.

Había puertas abiertas y adentro había música y botellines de cerveza. Las tres alemanas me invitaron a beber algo con ellas pero yo apreté el paso y me metí en mi habitación.

Cerré con llave y me tumbé en la cama, mirando el techo. Necesitaba otra siesta después de la caminata y tal vez después, más recuperada, me animara a salir a los pasillos y hacerme la encontradiza con algún grupo que se fuera a cenar, pero primero una siestecita.

Media hora y como nueva.

Apagué la luz pero no podía cerrar los ojos. Había mucho escándalo allá afuera. Cogí mi portátil a tientas para ver algún capítulo de algo y dormir después y, de repente, cuando tuve acceso a Internet… se me ocurrió.

Abrí mi página de Facebook y escribí en el buscador "Ana María Legua Dominguez".

Nada.

"Ana Legua Dominguez".

Nada.

"Legua".

Y después de mucho bajar encontré una "Nana Legua" que se le parecía y, además, era de Chile.

Acababa de encontrar la página de Facebook de mi amiga secreta y sonreí. Ahora iba a descubrir de quien se trataba.

En la foto de perfil estaba con un gorro de papel y una sonrisa simpática. Al parecer sabía sonreír... no la hubiera situado en una foto así.

Era enfermera y trabajaba en un hospital de Valparaíso, soltera; y sus aficiones eran viajar y salir con sus amigos.

Vale.

Pero a partir de ahí todo era extraño.

Había entradas de este mismo año, el 13 de Febrero, que era el de su cumpleaños según el pasaporte.

"Te sentimos con nosotros, siempre".

"Nunca me abandonas".

"Eres mi estrella".

Otro grupo más de entradas en navidad, en su cumpleaños anterior y así sucesivamente. Era como si no la hubieran visto en años. Se debió escapar o algo así, huir.

Ante aquel descubrimiento me senté mejor en la cama para estar más cómoda frente al ordenador. Pobre chica, debía haber huido de casa. Seguramente estaría trastornada, desquiciada, ya lo decía yo, viviendo como una vagabunda, que pena.

El asunto se ponía serio.

Llegué a 2011 y se me paró el corazón.

Allí había avisos de desaparición, con su cara y textos de los familiares pidiendo alguna pista, que volviera, denunciando que nunca se habría ido por su propio pie.

Había desaparecido durante un viaje a Europa.

Bajé más y al fin llegué a una entrada escrita por ella misma, del 6 de Mayo de 2011.

"Disfrutando en Praga y llenando la mochila con regalos para ustedes, los extraño y los voy a abrazar pronto".

Y una foto de ella junto al puente Carlos, aquí en Praga, con aquella sonrisa franca y abierta de nuevo. Sostenía en su mano un Pinocho de madera, de unos veinte centímetros, de los que vendían por aquí en cada tienda de souvenires, y le daba un beso en la mejilla. Había manchado de carmín al muñeco.

Esa chica, Ana, simplemente no volvió a su casa y se quedó aquí en Praga.

Llevaba ya más de seis años desaparecida, con el pasaporte y la visa expirados pero… ¿por qué?

Y, ¿por qué pegó su documento ayer en mi habitación?

Debía estar enferma o algo así y era una pena, porque después de todo este tiempo, aún había gente que la quería y la esperaba en casa.

Necesitaba ayuda, y pronto.

Habría que avisar a su familia, a las autoridades y a algún psiquiatra antes de que volviera a darse a la fuga, inestable e indocumentada como andaba. Necesitaría ayuda para eso, así que debía hablar con el Sr. Franky y arreglar el asunto como fuera.

Tendría que tomarme en serio esta vez y tomar cartas en el asunto.

Bajé a recepción con el portátil bajo el brazo pero el hombre no estaba allí, así que subí hasta la planta cuarta, a su oficina, dispuesta a pedirle ayuda.

La planta tercera era igual a las anteriores pero la cuarta estaba en una especie de torreón estrecho. Allí había una única puerta y llamé con los nudillos.

Abajo seguía la fiesta y el jaleo, así que, por si no me había oído, volví a llamar.

Me abrió la puerta al poco de la segunda llamada.

—Señorita de la suite presidencial —me dijo con un tono un poco más sombrío de lo habitual—. Pase, no se quede en la puerta. La esperaba.

Siempre irónico, siempre fastidiado. Aquel hombre era el colmo.

—Sr. Jorge —le dije educadamente—. Tengo algo muy importante que decirle, algo que requerirá la intervención de la policía.

El hombre caminaba delante de mí y parecía no alarmarse por mis palabras. No se detenía y seguía hacia adelante, conmigo detrás.

Recorrimos un pasillo con puertas a los lados, una cocina y al final llegamos a un angosto salón. Aquello no era su oficina sino un pequeño piso y la impaciencia por contarle mi descubrimiento no me hacía temer meterme en aquella casa extraña.

—Pasa y siéntate —me dijo—. Si es tan importante lo que tienes que decirme, dímelo aquí.

Me senté en el sofá y él se sentó en el contiguo. Allí había una mesa con cuatro sillas y un aparador con las puertas acristaladas y destartaladas, que parecían a punto de colapsar en cualquier momento, como el resto de muebles del hostal.

—Sr. Jorge —le dije—, ¿recuerda la chica que vi en mi habitación?, ¿la que se me coló? Pues es una chica que lleva desaparecida mucho tiempo.

Le tendí el portátil pero no hizo ademán de cogerlo.

—Eso que dices es muy grave —me dijo.

—Tenemos que llamar a la policía. Su familia la está buscando y creo que…

—Tienes muchísima razón —me interrumpió—. Hay que llamarlos cuanto antes.

Su tono de voz era lento, sosegado y yo estaba empezando a desesperarme. Necesitaba acción.

—Tengo un teléfono —me dijo—, en la cocina. Los llamo desde allí y les digo que vengan. Los esperamos aquí, ¿te parece?

Por fin algo de cordura.

Asentí.

Me quedé sola en aquel salón y, de repente, me sentí observada, intranquila. Tuve una sensación que no sabría cómo explicar y recorrí la estancia con la mirada hasta que, en una de las puertas acristaladas, vi su cara reflejada, seria, impenetrable… vacía.

Era la chica.

Di un salto hacia atrás en el sofá y emití un sonido sordo, apagado. Después me puse de pie y busqué el lugar del que provenía el reflejo pero ya no estaba, no había nadie, y, en su lugar, colgado en la pared con un gancho, había algo.

Era un Pinocho de madera con una mancha enorme de carmín en la mejilla y volví a estremecerme.

No era posible.

No era verdad.

Mientras todo cobraba sentido en mi cabeza, vi la sombra del Sr. Jorge, grande, cuadrado, que se acercaba con algo en la mano de hoja brillante.

Un cuchillo.

Y me mareé. Todo comenzó a girar a mi alrededor y, entonces, la volví a ver, a Ana, entre él y yo, acercándose a mí con la cara horrorosa, deforme, de muerta, de fantasma. Corrió hacia mí con la mandíbula desencajada como si fuera a derribarme, embestirme, atravesarme…

El intérprete de la policía me dijo durante el interrogatorio que me sería muy complicado, según estaban las cosas, volver a ver la luz del día en España. Al mismo tiempo me tendía fotos del cuerpo del Sr. Franky en el suelo, abierto en canal, con los brazos, las piernas y la cabeza separados del cuerpo. Me dijo que tenía bocados míos en las heridas y de hecho encontraron restos suyos en mi estómago. Le rompí las costillas una a una, con las manos, después de abierto. Yo no sabía qué decir.

Estaba tan impresionada como él y me temblaban las manos.

El espectro de Ana María Legua me miraba desde un rincón de la sala de interrogatorios y se encogía de hombros.

Se le había ido la mano.

4 AMSTERDAM - HOLANDA

Llevábamos no sé cuánto tiempo riendo sin parar y no era solo por el efecto de lo que nos habíamos ido tomando en nuestra improvisada ruta por los *coffeshops*, sino por la alegría de estar juntas, Malena y yo, y de estar allí.

Habíamos estado planeando aquel viaje desde primero de carrera, las tres. Iba a ser nuestra gran escapada pero siempre había algo que nos hacía aplazarlo, hasta que lo que nos hizo posponerlo para siempre fue que Raquel ya nunca estaría con nosotras.

Pobre Raquel…

Pero bueno, había que celebrar que Malena y yo estábamos ya bien, que habíamos sobrevivido a las adversidades. Ella ya andaba perfectamente y yo casi volvía a ser la de antes. Mi alma no se perdió en aquel accidente, como pensé durante un tiempo.

Estaba entera de nuevo.

—¿Un pedazo de tarta? —me preguntó Malena riendo.

—¿Qué lleva eso?

Y soltamos una sonora carcajada de nuevo porque nos daba igual, llevara lo que llevara, nos acabaría sentando genial y lo sabíamos.

Malena desapareció hacia la barra y yo la seguí con la mirada. Sería tan perfecto si de repente cuando se diera la vuelta fuera la Malena de hacía unos años, con el flequillo cortado a cuchilla… si nada hubiera pasado y fuéramos tres… pero en la tercera silla de nuestra mesa solo estaban los abrigos y los bolsos amontonados.

Allí no había nadie.

—¡Marchando una de tarta! —cantó Malena apareciendo de repente.

—¿Cómo nos la comemos? ¿La masticamos bien?

Y nos echamos a reír de nuevo, compulsivamente, como nunca.

Éramos, con diferencia, las más ruidosas del local.

Volvimos andando hacia el hostal, cantando todo el repertorio de Mecano, el que nos sabíamos de memoria las tres, y no solo cantábamos a pleno pulmón, sino que también lo interpretábamos y levantamos los brazos y saltábamos en las calles prácticamente vacías.

Cuando entramos al hostal pletóricas y haciendo aspavientos fue inevitable que nos invitaran a una fiesta. Nos lo habíamos ganado a pulso.

—¿Vamos? —me preguntó Malena—. ¿Te apetece?

Claro que me apetecía, estaba mejor que nunca. La química de mi cerebro, la que había estado sedada y adormilada durante meses, actuaba a la perfección y asentí sin dejar de cantar "porque una rosa es una rosa…"

Diez minutos después estábamos en una sala que había en el propio hostal, en la planta baja, más concurrida de lo que debería estar, con pinchadiscos en una pequeña tarima ,y Malena y yo habíamos hecho un corro a nuestro alrededor.

A todo el mundo por ahí le gusta el flamenco.

Cuando recobré la consciencia la cabeza me daba mil vueltas. Intentaba abrir los ojos pero no conseguía mantenerlos abiertos, como si los párpados me pesaran tanto que no pudiera con ellos y lo único que conseguía era un parpadeo rápido, confuso. Así es como tuve que volver en mí, orientarme.

Reconocí el papel de periódico que forraba una de las paredes. Estaba en la recepción del hostal, sentada en una de las sillas con reposabrazos.

Mire a mi alrededor. La luz me molestaba y solo acercándome el reloj de pulsera a tres centímetros de la cara pude saber qué hora era.

Las tres de la mañana, más o menos.

Y estaba sola.

Conseguí ponerme en pie a duras penas y me dirigí hacia el ascensor, al final del corredor, apoyándome en las paredes y balanceándome de una a la otra, sin equilibrio, pensando que caería al suelo en cualquier momento.

"Segundo piso, habitación 204…" me repetía, más que nada para ordenar mis pensamientos, evitar entrar en pánico y permanecer relajada.

Cuando conseguí pulsar el botón correcto, salir del ascensor y llegar a la 204, la puerta estaba cerrada.

—Malena —llamé en voz baja, para evitar que mi cabeza explotara—, Malena abre…

Debí quedarme dormida mientras llamaba porque de repente tuve la sensación de despertarme de nuevo, con el peso en los párpados y el dolor de cabeza del principio, solo que ahora estaba apoyada en la puerta, mi mejilla roja por el contacto, allí de pie.

—No está aquí —me dijo una voz que me resultaba extrañamente familiar.

Volví la cabeza, la vi allí a mi lado, sonriendo y me dio un vuelco el corazón.

—¿Raquel? Raquel, ¿qué haces aquí? No puedes estar aquí.

Y Raquel, una Raquel fresca, relajada, a la que envidiaba su capacidad para mantenerse erguida, me contestó sin dudarlo:

—Claro que puedo estar aquí… Este es nuestro viaje, ¿recuerdas?

Y yo asentí feliz, tan agradecida de verla allí, tan hermosa y tan joven, que tuve que abrazarla. Lo había deseado tanto…

—Vamos a recepción —me dijo Raquel—, te acompaño porque vas echa un moco. Si la llave está allí, significará que no hay nadie dentro.

Yo no entendía muy bien lo que decía pero asentí y anduve de nuevo hacia el ascensor ayudada por Raquel, colgándome de ella. Era tan agradable tenerla conmigo, saber que estaba bien…

Cuando llegamos a recepción no había nadie y Raquel hizo sonar el timbre.

A los pocos segundos salió un chico del cuartito que daba al mostrador. Tenía el pelo levantado por un lado y pegado a una mejilla excesivamente roja en el otro, como si hubiera estado dormido hasta hacía nada. Al verlo, instintivamente me arreglé el pelo, pero solo conseguí que se me quedaran los dedos enredados en la melena.

Raquel me ayudó a desenredarme.

—Segundo piso, habitación 204 —le dije mecánicamente.

El chico se dirigió al casillero de las llaves.

—Toma —me dijo dándome la llave.

Yo la cogí y miré a Raquel. Si la llave estaba allí significaba que Malena no la había cogido y, por tanto, no estaba en la habitación. ¿Dónde estaba entonces?

—¿Ha visto a nuestra amiga? —pregunté al chico—. También se aloja en esta habitación…

El chico se encogió de hombros.

—Está mal que lo diga —nos dijo—, pero normalmente, a estas horas, los huéspedes ni me preguntan. Cogen las llaves ellos mismos y las dejan del mismo modo… somos una gran familia…

Raquel y yo nos miramos.

—Eso es muy poco serio —dijo ella molesta.

—Bueno, si la ves le dices que tenemos la llave nosotras, ¿vale? —le pedí apoyándome en el mostrador para no caer.

Raquel me sujetó y el chico contemplaba la escena impasible.

—Lo que quieras —me dijo.

Y se volvió al cuartito.

—Pero, ¿sabes quién es nuestra amiga? —le pregunté mientras se alejaba.

—La que pregunte por la 204 —me contestó.

Y nos alejamos de allí, sin decir nada.

¿Y Malena? ¿Dónde podría estar?

Raquel y yo estábamos preocupadas. Malena no es de las que se iba así como así, sin decir nada, así que teníamos que encontrarla. Seguro que estaría en algún lugar, tan desorientada como estaba yo, pero al menos yo no estaba sola, estaba con Raquel. Teníamos que encontrarla.

—A lo mejor está en la fiesta todavía —dije a Raquel.

Y las dos nos sonreímos.

—Muy típico de ella… quedarse hasta el final —me dijo Raquel.

Mientras nos dirigíamos a la sala de la fiesta, mi mente me iba mandando imágenes inconexas de lo que habíamos estado haciendo tan solo unas horas antes.

Nosotras saltando en medio de una multitud que saltaba con nosotras…

Mi brazo levantado, dejando traspasar la luz del foco entre mis dedos…

Malena y yo con los brazos enlazados y agitando la cabeza…

Malena encaramada a un chico, sin pelo… le frotaba la cabeza y nos reíamos los tres…

Cuando llegamos a la sala, las luces estaban encendidas y la única música que había era la que emitía una cadena de radio local, a medio volumen, mientras el pinchadiscos desmontaba el equipo entero. Había unas siete personas más desperdigadas por allí.

La sala desnuda, con las luces encendidas así, se me antojaba muy pequeña y, sin Malena por ningún lado, era asfixiante.

La busqué con la mirada tantas veces, di tantas vueltas sobre mí misma intentando localizarla que Raquel tuvo que detenerme.

—No está aquí —me dijo—. ¿Dónde está?

Y yo me encogí de hombros.

Había perdido a Malena.

Reconocí a alguien, en una esquina, con los ojos fijos y muy abiertos clavados en la pantalla de su teléfono móvil. Era el chico sin pelo.

—Bailamos con ese chico —dije a Raquel.

Y ambas nos dirigimos a él.

—Hola —le dije fingiendo una sonrisa.

El chico levantó la mirada y me miró directamente con cara extraña.

—Estoy buscando a mi amiga… Malena… —le dije.

Y su cara no se movió un ápice.

—Bailamos juntos… esta noche —continué—. Ella te frotaba la… cabeza.

De repente la cara del chico cambió, pareció iluminarse.

—¡Ya me acuerdo de ti! ¿Cómo lo llevas? ¿Quieres que nos tomemos la última?

Negué con la cabeza y me di cuenta entonces, al moverla de nuevo, de lo mareadísima que me encontraba. Incluso pensé que caería y el chico puso las manos en alto para que no le cayera encima. Pero Raquel me sujetó a tiempo. Menos mal que estaba allí.

—Tengo que encontrar a mi amiga —acerté a decir.

—Ya veo —me dijo—. Suerte.

Otra vez mi cabeza se llenó de imágenes de la fiesta, como si intentara darnos pistas de hacia dónde dirigirnos.

Malena moviendo la cabeza para atrás, con los ojos casi en blanco…

Las dos bebiendo de aquella copa…

El DJ…

De repente lo recordé también.

—¡El de la música! —dije a Raquel—. Él sabe quiénes somos.

El chico enrollaba cables y los guardaba ordenadamente en una caja. Cuando nos vio llegar, se volvió a mirarnos.

—Hola —le dije fingiendo aquella extraña sonrisa—, estoy buscando a mi amiga, la otra, con la que bailaba…

—Todas estas fiestas acaban así —me dijo—, con alguien buscando a alguien.

—Supongo —le contesté—. Te pedimos canciones, lo recuerdo, españolas y, claro, no las tenías, eran muy antiguas… cosas nuestras.

—Claro que te recuerdo —me dijo—, menuda nochecita me has dado…

Carraspeé.

—Éramos dos… entonces… —le dije—, y busco a la otra, la de la melena por debajo del hombro, castaña…

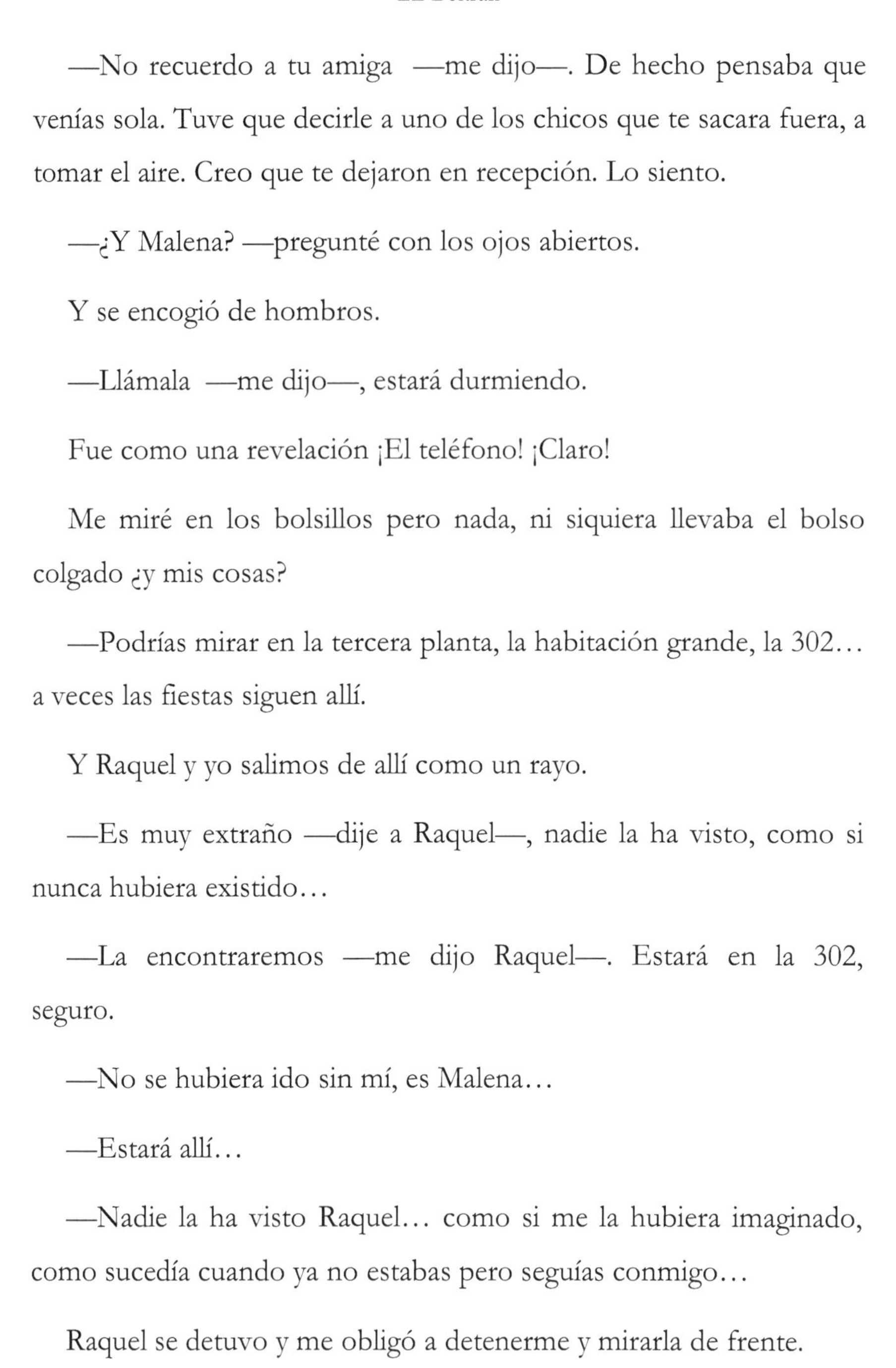

—No recuerdo a tu amiga —me dijo—. De hecho pensaba que venías sola. Tuve que decirle a uno de los chicos que te sacara fuera, a tomar el aire. Creo que te dejaron en recepción. Lo siento.

—¿Y Malena? —pregunté con los ojos abiertos.

Y se encogió de hombros.

—Llámala —me dijo—, estará durmiendo.

Fue como una revelación ¡El teléfono! ¡Claro!

Me miré en los bolsillos pero nada, ni siquiera llevaba el bolso colgado ¿y mis cosas?

—Podrías mirar en la tercera planta, la habitación grande, la 302… a veces las fiestas siguen allí.

Y Raquel y yo salimos de allí como un rayo.

—Es muy extraño —dije a Raquel—, nadie la ha visto, como si nunca hubiera existido…

—La encontraremos —me dijo Raquel—. Estará en la 302, seguro.

—No se hubiera ido sin mí, es Malena…

—Estará allí…

—Nadie la ha visto Raquel… como si me la hubiera imaginado, como sucedía cuando ya no estabas pero seguías conmigo…

Raquel se detuvo y me obligó a detenerme y mirarla de frente.

—Escucha —me dijo—, estamos juntas. Somos tres, ¿de acuerdo? Y no vamos a dejar que nadie nos separe… Estoy aquí para ti y encontraremos a Malena.

No podía perder a Malena. Me moriría de verdad esta vez.

Y seguimos andando. Estaba mareada y tenía los ojos empapados en lágrimas. Tuve que secármelos para entrar en la 302. La música se oía desde el ascensor.

Habría allí unas veinte personas cuando empujé la puerta, que se abrió sola. Bebían, fumaban y charlaban por encima de la música que como, ya dije, estaba bastante alta.

Me llevaría a Malena de la oreja si resultaba que estaba allí.

Nos saludaron muy efusivamente al vernos entrar pero al segundo cada uno estaba a lo suyo.

Les pregunté a todos y recordaban haberme visto, otros incluso me pidieron bailar algo más de flamenco, pero nadie recordaba nada acerca de Malena.

No era posible.

Me apoyé en la ventana, sacando la cabeza afuera para respirar algo de aire fresco y cuando noté a Raquel a mi lado, me abracé a ella.

—Vamos a encontrarla —me dijo Raquel apoyándose encima de mí—, aparecerá cuanto menos te lo esperes…

—Raquel… lo siento muchísimo —le dije.

Tenía aquella espina clavada durante muchísimo tiempo, necesitaba que lo supiera.

—Fue un accidente —me dijo—, pasó y no le des más vueltas… te sienta fatal beber. Siempre he estado contigo, poniéndolo todo de mi parte para que no nos separasen, por encima de la medicación incluso, ¿recuerdas?, cuando decían que me había ido, allí estaba yo, haciéndote más fuerte.

—Nunca me dejaste.

—Sí, siempre estuve allí, incluso cuando te adormecieron, esperando a que volvieras. Nunca me iré, da igual lo que digan los demás. Estamos juntas, las tres, eso es lo que importa. Vamos a encontrar a Malena, a pesar de los que dicen que nunca estuvo aquí…

Nos miramos las dos a los ojos y recordé que ya había pasado por aquello, en el hospital. Todos negaban la presencia de Raquel conmigo y, ahora, negaban a Malena. No lo consentiría de ninguna de las maneras, así que me volví hacia aquella gente y decidí que no saldría de allí sin que me dijeran lo que sabían de mi amiga, lo que le habían hecho o dónde la habían escondido.

No era la primera vez que alguien se confabulaba contra mí para hacerme creer loca.

Sería la última.

Raquel levantó la mirada entonces por encima de mí.

—¿Ves aquel tipo? El del pelo rizado.

Me volví y seguí su dedo hasta dar con él. Estaba sentado en una de las camas, con una chica a su lado.

—Ese tipo habló con vosotras, ¿recuerdas?

De repente, como un fogonazo, aquel recuerdo se abrió paso en mi memoria.

Malena y yo hablamos con ese tipo. ¿Dónde? Junto al ascensor. Nos reíamos... ató un hilo alrededor de nuestros dedos, uno para cada una... lo recordaba perfectamente... Decía que se quería casar con las dos, que no podía elegir solo a una...

Tenía que recordar de seguro a Malena.

Nos dirigimos hacia él, decididas.

—¿Me recuerdas? —le dije de manera directa, con la cabeza que me iba a estallar.

Me miró por un segundo y sonrió.

—¡Claro! ¡Mi prometida!

Y después se volvió hacia la chica que estaba sentada a su lado.

—Pero siento comunicarte que llegas tarde... acabo de casarme...

Y aquella muchacha me tendió la mano. Llevaba un hilo atado en uno de sus dedos.

Absurdo.

—Lo entiendo —le dije intentando parecer simpática—, sin rencores.

Y los dos rieron fuerte.

—Escucha —lo llamé de nuevo—, quería preguntarte si has visto a mi amiga, la chica que iba conmigo. Castaña, pelo por debajo del hombro… camiseta de tirantes gris…

El chico sacudió la cabeza.

—Lo siento, sois tantas y tan guapas que pierdo la cuenta. ¿Ibas con una chica?

¿Eso era todo lo que tenía que decir?

Y se volvió hacia su amiga, ignorándome por completo.

Eso sí que no.

—Mi amiga —le dije cogiéndole por la camiseta—. ¡Castaña, con pelo por debajo de los hombros!

Y todos callaron de repente. Fue agradable escuchar la música sin tantas interferencias, pero yo estaba en otra cosa.

—¿Qué haces? ¿Estás loca?

Y aquello fue el detonante. Me abalancé sobre él y aunque intentaron separarnos, no lo consiguieron. La chica que iba con él se hizo un ovillo en la cama y nosotros rodamos por el suelo.

Lo golpeé, le tiré del pelo y lo abofeteé hasta que se escapó de mí.

Lo seguí y los demás escapaban de mí, atemorizados, dejando la habitación. Era imparable y lo sabía, así que me dejé llevar y salté, me dirigí al equipo de música y lo arranqué de la pared, lo lancé por los aires tan lejos como pude, agredí a todo aquel que intentaba detenerme e incluso volqué una de las camas.

Cuando quise darme cuenta, no venían de uno de uno, sino de cuatro en cuatro, y solo consiguieron reducirme cuando hube acabado con todo.

Mientras me sujetaban contra el suelo, por encima de sus cabezas, vi a Raquel, allí de pie, sonriendo, y cerré los ojos. Estaba tan mareada y cansada…

Cuando volví en mí de nuevo, los párpados volvían a pesarme horrores y los mantuve cerrados. Seguía tumbada, pero no podía moverme. Aquella sensación no era nueva, la del tacto de las correas en mi piel.

Estaba atada y logré, después de un gran esfuerzo, entreabrir los ojos lo justo para volver a cerrarlos, cegados por la luz intensa de la habitación.

Fue entonces cuando escuché su voz… ¡Malena!

La oía distante y giré la cabeza hacia donde procedía su voz. Estaba allí, a unos metros de distancia, de espaldas. Volví a abrir los ojos, esforzándome más esta vez y vi su silueta, la melena castaña por debajo del hombro… la había encontrado, sabía que lo haría.

En cuanto acabara de hablar la llamaría y nos iríamos a comer a algún lado, juntas, a seguir disfrutando de nuestras vacaciones.

Había estado llorando, lo adiviné por su voz. Nos habíamos oído llorar ya demasiadas veces, la una a la otra, por Raquel.

—Ha sido culpa mía —decía al hombre de bata blanca que hablaba con ella—. Al parecer me estaba buscando, se asustó al no verme por ningún lado… pero yo estaba en la habitación, la 204… subimos juntas después de la fiesta, la acosté, lo juro, me dormí solo cuando ella se hubo dormido, a eso de la una… pero al parecer se volvió a marchar, ella sola… no lo sé… con la llave, porque me cerró por fuera, me fue imposible salir a buscarla cuando desperté y no la vi allí…

El hombre hablaba esta vez, pero yo no entendía bien lo que decía…

—Verá, perdimos a nuestra amiga, en un accidente de tráfico, en el que ella conducía… no fue su culpa… pero nunca se lo perdonó, ni yo tampoco, no crea. No quedamos bien ninguna, lo mío fue físico, con mucha rehabilitación, lo suyo… psicológico… pero estaba controlada, con medicación… ya muy reducida, casi estaba bien del todo…

Intenté afinar el oído pero no escuchaba nada. Aquel hombre hablaba y Malena lloraba desconsoladamente, así que cerré los ojos de nuevo.

Alguien me cogió de la mano. Era Raquel, lo sabía aunque no la viera.

Se tumbó por encima de las correas que me inmovilizaban brazos y piernas, a mi lado, así solíamos dormir siempre.

—Han descubierto que dejaste la medicación antes de tiempo, que no estabas tan bien —me dijo Raquel.

—Es que si me la continuaba tomando no podrías venir al viaje con nosotras y, ya ves, gracias a eso al final apareciste —le contesté.

Volvería hacerlo.

—Dicen que a lo mejor no vuelves a despertarte del todo nunca —me dijo Raquel acariciando mi cara—, pero yo estaré contigo, no te dejaré sola.

—Lo he pasado genial Raquel… al final lo hemos hecho, nuestro viaje, las tres… te prometí que vendrías con nosotras.

5 BUDAPEST - HUNGRÍA

Acudí a Budapest por necesidad. Era mi última alternativa después de haberlo intentado todo.

Necesitaba olvidar al gran amor de mi vida, el que me había enseñado a respirar y ahora me quitaba el aire.

Siempre se ha dicho que la distancia hace el olvido y por eso decidí escapar, alejarme tanto como fuera posible para que el hilo del resentimiento y la pena se acabara rompiendo, dado de sí.

Creo que funcionó. Comencé a sentirme bien a base de dar largos paseos nocturnos, de respirar la melancolía de la ciudad lejos de las horas de sol y del tumulto de turistas; imaginando que el paisaje que se tendía bajo la luna era solo para mí.

Mi lugar predilecto, el puente de la Libertad. Si, ese, el de metal verde que sale en todas las guías. Era un lugar especial. Recuerdo la primera vez que lo recorrí sola, de noche. Tuve la premonición, o la certeza, no sé, de que alguien me abrazaría melancólica e intensamente y, entonces, todas mis heridas sanarían.

Lo recorría desde la colina Gellért en el lado de Buda hasta el Mercado Central en el de Pest y, en ocasiones, lo único que me acompañaba era el sonido hueco de mis pasos sobre la acera.

Miraba arriba, a los mástiles verdes e interminables, con las estatuas del Turul en la cima. Se decía, de aquel pájaro, que era el guardián del orden y del equilibrio del Universo y, cuando alzando la vista divisaba sus alas, lo creía a pies juntillas.

Según la mitología húngara, aquel enorme pájaro, el Turul, habitaba en lo más alto del árbol de la vida y cuidaba de las almas de los recién nacidos que, con forma de pájaro, vivían en la copa con él.

A mí me gustaba pensar que un día bajaría de lo alto de la columna y se llevaría mi alma rota para darme otra nueva, ingenua, renacida, con la capacidad de amar intacta y de verdad creo que aquellos pensamientos me sanaban. Ya no notaba aquel peso que me arqueaba la espalda y me hacía agachar la mirada.

Era libre, más libre al menos.

Estaba casi preparada para coger mi alma nueva y volver a casa.

Después de mis paseos caía rendida, vacía y dormía profundamente. Cada vez me prometía a mí misma despertar de día y darle la cara al sol, decirle que ya no me dolía la imagen que en él veía reflejada, pero, sin embargo, volvía siempre a despertar agotada y triste cuando la tarde había caído de nuevo.

¿Y si en realidad no estaba bien?

¿Y si la mejora que creía que había logrado se desvanecía en cuanto me marchara de Budapest?

¿Y si no estaba preparada aún para enfrentarme a la vida lejos de la noche, de mi puente y del Turul?

Y me daba, entonces, un día más de permiso para coger fuerzas y recuperar mi alma.

Se me hacía un mundo tener que volver, tener que demostrar a todos lo fuerte que era y volverme invencible cuando me lo cruzara por la calle y me preguntara: "¿Cómo te va?".

Necesitaba más de aquella ciudad alejada y romántica, tan extraña que me hacía olvidar la mía propia y, al final, estaría curada de él.

Caminaba despacio, saboreando el pisar de cada baldosa, el tacto de la estructura de hierro en mis dedos y la brisa que acariciaba mi cara y revolvía mis cabellos. Aquella brisa nunca lo había tocado a él, ni siquiera sabía que existía y eso la hacía mi aliada. Estaba de mi parte.

Y de repente… lo vi otra vez. Era el chico húngaro que me había bloqueado el paso durante las últimas noches… no debía estar en sus cabales.

Lo miré mientras me acercaba, pensando de nuevo si dar media vuelta o seguir en su dirección y pasar por su lado. No podía cambiar a la acera de enfrente, el entramado de la estructura del puente y las vías del tranvía eran un obstáculo insalvable, así que de nuevo la magia se rompía y el paseo parecía acabar allí.

No debía estar muy cuerdo, pobre. Hablaba solo, en voz alta, hacía aspavientos, movimientos confusos y después señalaba abajo, al agua, gritando mientras se asomaba tan peligrosamente que a mí se me paraba el corazón. Las primeras veces que lo vi hacer aquello pensé que de verdad iba a tirarse, pero por suerte volvía a anclar los pies en el suelo y a vociferar como un loco.

Pobre diablo.

Siempre optaba por dar media vuelta para no pasar cerca, en el último momento, abrumada por sus ojos frenéticos y el tono de su voz.

Yo ya tenía bastante con lo mío, con lo de olvidar el amor verdadero y dejar espacio, algún hueco, para que entrara un poquito de algo que me hiciera sentir bien, así que agachaba la cabeza y, como quien no quiere la cosa, me volvía. Me alejaba dando pasos largos pero tranquilos, no fuera a hacer aquel loco lo que no se había atrevido a hacer antes y viniera a por mí.

Entonces era cuando más se molestaba, yo no entiendo por qué. Seguramente en sus alucinaciones se sentía rechazado, tal vez incluso imaginara que me conocía de algo y, en un español chapurreado, me decía:

—Muy bien, señorita. Ahora déjame solo aquí, sí señorita.

Y yo lo miraba de reojo, no se le ocurriera venir detrás de mí.

Una auténtica pena.

Debía tener veintitantos, era seguramente menor que yo, y no iba ni sucio ni desaliñado, es más, parecía incluso que iba arreglado para salir a cenar y tomar algo. Si le quitaba aquella mirada enloquecida y los gestos salvajes, no me hubiera extrañado nada verlo en algún local de moda, incluso, no me hubiera importado que me invitara a una copa, pero ni él ni yo estábamos para eso. Yo con lo mío que para mí era enorme y él con lo suyo que también debía pesar.

Aquella noche, sin embargo, me sentí diferente, y mientras seguía la forma de la barandilla del puente con las yemas de mis dedos y la brisa nueva me metía la puntas del pelo en los ojos y en la boca, decidí seguir y no dar la vuelta.

Encontrarme con aquel pobre loco, pasar por su lado y continuar.

Estaba decidida, cuando pasara por su lado, a decirle con la mirada que nunca hay que perder la esperanza, que no es tarde para recuperarse de lo que sea, que no hay mal que mil años dure y que si yo había podido conseguirlo, él lo lograría también.

Se lo diría todo con la mirada... y si lo veía cooperativo, claro, no fuera que se me torciera la cosa.

Cuando me vio acercarme más de lo habitual, se levantó del suelo. Había estado sentado con la espalda apoyada en la barandilla y al verme llegar comenzó con los aspavientos habituales y a asomar peligrosamente el torso hacia el agua, el vacío y la negrura.

A punto estuve de darme la vuelta y dejar todo aquello de las miradas para otro día, pero algo dentro de mí decidió dejar de tener miedo y coger las riendas de mis pasos.

No pensaba desviarme por nada ni por nadie, otra vez.

—Señorita… —comenzó a decirme en aquel castellano de ligón de discoteca—. Tú señorita que ahora pasas a mi lado, pero no me hablas… muy bonito… tú eres una malvada señorita…

Y cuando vio que iba a pasar con la cabeza gacha y sin decirle nada, me agarró del brazo.

Eso sí que no.

Pude zafarme con un movimiento brusco y salí corriendo. Nada de decirle nada con la mirada. Si quería ayuda que se la pidiera a su familia, o a su novia o a quien fuera, pero no a mí.

Yo no le conocía de nada y nada tenía que ver con su desdicha como para aguantar impertinencias.

Seguro que se lo había buscado.

—Muy bien, señorita, ahora déjame solo aquí, sí señorita —repetía mientras me marchaba.

Y la brisa me traía sus gritos. No me abandonaron hasta llegar a Pest, en la orilla, en tierra firme.

Aquel agarrón de brazo me sentó peor de lo que esperaba. Me devolvió miedos e inseguridades y me recordó a otros estirones, patadas y malas palabras.

Me sentía vulnerable de nuevo.

La idea de volver triunfal a casa volvía a alejarse, a hacerse borrosa.

Encendí el portátil, que tenía olvidado desde hacía días, decidida a escribir un email a mi hermana y contarle mi estado de ánimo. Cuando abrí mi sesión de correo tenía un aluvión de mensajes sin leer y había, también, uno de ella. Lo leería y le contestaría.

Comenzaba muy bonito, hablándome de sus niños y de lo mucho que me echaban de menos, pero después había más.

Me decía que ya llevaba demasiado tiempo fuera y que las cosas, a su juicio, se resolvían dando la cara y enfrentándose a los problemas en lugar de huir.

Me instaba a regresar y me decía que tenía que hacer papeles cuanto antes, amarrar la casa y comenzar de nuevo, una cosa detrás de la otra, como si fuera lo más sencillo del mundo.

Releí el email dos veces más.

Yo no podía hacer nada de lo que me decía.

Era imposible.

Me desperté con el día acabado de nuevo, para variar, y la cabeza poblada de pensamientos confusos. Mi mente estaba tan saturada de órdenes contradictorias que decidí salir de nuevo, ordenarlas con un paseo, bajo el Turul, pidiéndole antes de llegar que me diera algún tipo de señal, algo que me mostrara el camino correcto.

"Regresa, amarra la casa y comienza de nuevo".

"Da la cara".

Enfrentarse…

Eso es lo que debía hacer si quería volver a tomar el control de mi vida y ser yo misma. La teoría me la sabía, pero no estaba segura de cómo aplicarla.

Llegué al puente y, de nuevo, el loco de todas las noches. Aquella silueta allí, sentado contra la barandilla, esperando a algún viandante para comenzar su lunático show.

Se levantó al ver que me acercaba y yo no me planteé dar la vuelta aquella vez.

Enfrentarse…

A mí nadie me cogía del brazo nunca más.

—Señorita —me dijo cuando supo que podría oírle—, perdóname a mí por lo del brazo ayer.

La verdad es que me sorprendió que se acordara de mí. No lo esperaba. Y tampoco pensé que recordara lo que hacía en sus desvaríos, pero mejor así.

Tal vez fuera la señal que estaba buscando.

Dar la cara.

Me sentía segura. No tenía miedo.

Me detuve a unos cinco metros de él y le hablé desde allí, que no tener miedo no significaba ser una inconsciente.

—¿Qué pasa contigo? —le pregunté.

Puso una cara extraña. No me había entendido, al parecer su castellano era muy limitado.

—¿Qué te pasa a ti? —volví a preguntarle hablando muy despacio.

—Yo estoy aprisionado en este lugar —me respondió.

Y sus ojos me mostraron una tristeza infinita, una angustia tan intensa que me envolvió y me dejó sin palabras.

—No quiero yo ser aprisionado aquí —me dijo más bajito.

No sabía qué decirle.

Estaba fatal de la cabeza, pobre, y no sabía ni cómo comenzar a ayudarlo.

—Tú —le dije hablando lentamente de nuevo— siempre haces así...

E intenté imitar sus movimientos de brazos y piernas con ojos desorbitados y, cuando me aproximé a la barandilla para asomarme como hacía él, se abalanzó sobre mí, me cogió por la cintura y abrazándome por detrás me empujó hasta que caímos en la acera, a salvo del vacío, de la negrura del agua, de la nada.

—Tú no saltas —me repetía mientras rodábamos por el suelo.

Grité lo más alto que pude, me revolví, le di empujones y patadas y cuando por fin pude verme libre, corrí y me alejé de él lo más rápido que pude.

—¡Señorita! —me gritó mientras me alejaba—. ¡No dejes solo a mí!

¡Menudo susto me había dado! Pensé que nos caeríamos puente abajo, el corazón se me iba a salir del pecho.

Cuando estuve lo suficientemente alejada, me volví y le dije:

—¡Estás loco! ¡Estás como una cabra! ¡Tú... eres... cabra!

E hice una mímica y seguí corriendo para alejarme de allí, hasta que no fue más que una sombra.

Eso me pasaba por meterme donde no me llamaban.

No pude pegar ojo en lo que quedó de noche y no fue por el abrazo ni por el hecho de haber rodado por el suelo con él ni la agresión; fue su tristeza, sus ojos, los que no me dejaban conciliar el sueño.

Aquella angustia superaba a la mía con creces. Yo, a su lado era la alegría personificada.

¿Era aquella una señal del Turul? ¿Un propósito?

¿Por qué no podía sacármelo de la cabeza?

Salí a mediodía, con el pavimento caliente por el sol y llegué hasta el puente. Me agazapé en una esquina y, efectivamente, seguía allí. Lo vi en los huecos que dejaban los turistas al andar. Estaba enrollado en el suelo, quieto, ¿dormido?

Pobre, no se había movido del sitio. Al parecer se sentía de verdad físicamente atrapado allí, pobre diablo, tan joven y a nadie parecía importarle. Un chico de su edad debería estar divirtiéndose o estudiando, en cualquier sitio menos allí, olvidado.

Lo observé durante horas, no sé por qué. Tampoco tenía nada mejor que hacer y, a media tarde, con el sol que trazaba ya sombras en el entramado metálico del puente, me vio y agachó la cabeza.

Parecía avergonzado.

Normal.

¿Por qué, de entre todas las personas que se cruzaban con él, era la única que me sentía con la obligación moral de acercársele?

Tal vez fuera porque yo no tenía nada que perder, lo había perdido todo, o, porque reconocía la desesperación, sabía lo que dolía, lo supe el día que a mi marido se le terminó el amor como por arte de magia mientras el mío estaba intacto.

No transitaba tanta gente como hacía unas horas pero sí la suficiente como para tener ayuda en caso de que decidiera hacerme algo, o si se ponía borde, así que me acerqué mientras seguía con la cabeza agachada y me senté a su lado.

—Hola —le dije.

Me miró y echando la cabeza para atrás, apretó los ojos. Lágrimas caían silenciosas por sus mejillas.

—¿Qué te pasa a ti? —le pregunté haciendo algo de mímica.

Me miró perplejo y me sonrió de lado como quien se sorprende de que, aún, no me hubiera enterado de qué iba todo aquello.

Yo no lo perdía de vista pero tampoco perdía el contacto visual con la gente que pasaba por allí, no fuera que tuvieran que acabar echándome una mano. Me centraba en cualquiera con cara de buena persona, por si acaso, para darle un grito en caso de necesidad.

—¿Tú lo preguntas a mí? —me preguntó con las lágrimas que le salían a borbotones, silenciosas.

Asentí.

Algunos nos miraban de reojo pero nunca de forma directa. Debían pensar que éramos una pareja de enamorados, incluso que yo lo debía estar abandonando a él… Qué cosas.

—Tú siempre como loco —le dije haciendo un tenue movimiento de brazos, fingiendo ser él pero no muy bruscamente para que no se pusiera como un loco de nuevo—, cada noche.

No quería otra escenita y tragué saliva.

Estaba tranquilo.

—Sí. Yo hago eso para convencer a ti de que no saltes.

Y miró hacia arriba, hacia la barandilla que nos separaba de caer al agua. No entendía lo que quería decirme y pareció darse cuenta así que, mirándome fijamente, mientras otra lágrima rodaba por su cara, lo repitió para que lo entendiera mejor.

—Yo grito para que tú no saltas, pero tú siempre saltas. Cada noche.

Y lo leí de repente en aquella tristeza infinita y, en cada una de las lágrimas que caían una a una, lo vi. Seguí una de ellas desde el párpado y vi como se enredaba en las pestañas hasta deslizarse por sus pómulos. Una de aquellas lágrimas era yo. Cayó desde el borde de su cara, al vacío, hasta sumergirse entre los pliegues de su camisa.

Me llevé las manos a la boca ante aquel súbito descubrimiento.

—Tú siempre saltas señorita y yo salto con tú, para ayudar, pero no puedo ayudar. Cada noche saltamos los dos.

Todo daba vueltas a mi alrededor. Me sentía mareada y me agarré a la estructura del puente, temiendo que el suelo se abriera bajo mis pies. Sentía sacudidas, como si me estuvieran zarandeando. Me puse en pie, a duras penas, y él se puso de pie conmigo, intentando sujetarme para que no perdiera el equilibrio.

La gente desapareció a nuestro alrededor como por arte de magia y la esfera solar rodó literalmente hasta desaparecer por completo.

Estaba oscuro y era de noche, una noche cerrada y sin luna. Yo paseaba sola, dueña de aquella negrura, valiente, con los brazos en cruz y respirando hondo para guardar dentro de mí la noche entera.

Miré arriba al Turul, a mi Turul. ¿Era un halcón o un águila? Tal vez si me subía a la barandilla lo vería más de cerca y, sin pensarlo, valiente, embriagada por todo, me subí.

Me sentía bien, por fin, y lo estaba disfrutando, así que extendí de nuevo los brazos.

Fue entonces cuando escuché aquella voz, a lo lejos. Decía algo que no lograba entender y giré la vista intentando reconocer lo que se me acercaba. Era un húngaro, un chico y corría hacia mí, pero yo no vi un desconocido que se acercaba, yo a quien vi fue a mi marido.

Un torbellino de emociones no me dejó pensar con claridad y de nuevo vino a mí la angustia que llevaba meses intentando despegarme del cuerpo, la de sentirme atrapada en su mundo y ser invisible, así que, decidí acabar con todo.

—¡Nunca más! —grité.

Y con los brazos extendidos como estaba salté hacia atrás, al vacío, con el Turul que me miraba desde arriba a los ojos, sabiendo que hacía lo que tenía que hacer.

—¡Señorita! —gritó aquella voz—. ¡Tú no saltes por favor!

Y de repente… un chasquido inmenso, el agua.

Salí de mi trance, de aquella alucinación reveladora y el chico seguía a mi lado, esperando mi reacción. Me sujetaba y parecía preocupado.

—¿Cómo te llamas? —le pregunté.

—Volzam.

—Lo siento de verdad, Volzam, lo siento.

Ahora era yo la que no podía contener las lágrimas silenciosas que se me escapaban y me empañaban la vista. Al parecer los muertos lloramos así, en silencio para que no se nos oiga y, cuando lo abracé, se dejó abrazar, triste y abatido.

—Tú no saltas más —me dijo— y yo no salto más a rescatarte.

Y asentí.

Estábamos atrapados en el puente de la Libertad, en el abrazo más melancólico e intenso que jamás existió.

6 BANGKOK - TAILANDIA

Me enamoró Bangkok desde el primer momento en el que puse un pie en ella. Me permitía leer durante horas en un templo tranquilo y sin interrupciones o, simplemente, pensar en nada junto al río urbano, con un rascacielos justo detrás, viendo como los peces de la orilla, grandes y marrones como la misma agua, se encaramaban los unos sobre los otros cuando los turistas les dábamos de comer. A veces se me encogía el corazón y me repugnaba ver como peleaban por su presa… la vida es así, ¿qué se le va a hacer?… Después podía elegir saltar al bullicio de la calle más concurrida de todas, Khao San Road, con la mayor concentración de mochileros de todo el mundo.

Adoraba adentrarme en aquel jaleo y en el torbellino de sensaciones y estímulos que emitía. Desde puestos ambulantes donde se podía adquirir una auténtica placa del FBI hasta saltamontes asados, todo valía y todo era divertido y, para escapar, simplemente saltaba a la calle de al lado, la magia desaparecía y otra vez podía encaminarme al templo o a ver a los voraces peces, lo que quisiera.

Así era la ciudad, la amaba porque me daba lo que más necesitaba en cada momento.

Me alojaba en un hostal que me atrapó también desde el principio. El edificio tenía forma alargada y en cada planta un largo corredor, con habitaciones a los dos lados, ambientado con escenas típicamente tailandesas. Yo estaba en la segunda planta y el suelo de mi corredor era de cristal azul traslúcido, simulando un río, y, sobre él, había una tarima de madera que hacía de muelle que se abría para dar acceso a cada una de las habitaciones. La madera sobre la que andaba era ruidosa y espléndida.

No podía ser más pintoresco.

Allí íbamos todos a lo mismo, a recorrer el país y perdernos en sus rincones, y no se hacían preguntas. Si no te apetecía hablar, no hablabas y punto.

En Bangkok cada uno va a lo suyo.

Bueno, mi historia se podría decir que comenzó la quinta noche en la ciudad y todo me sucedió por ingenua, porque pensaba que cinco días habían sido suficientes para saberlo todo y manejarme por allí a mis anchas.

Me confié.

Ya no me limitaba a deambular por los sitios conocidos, sino que actuaba como si la ciudad entera me perteneciera, ¡nada más y nada menos que Bangkok! Bangkok no se deja pertenecer por nadie así que, si lo pienso ahora, me sucedió lo que tenía que sucederme, lo que me busqué por pensar que comprendía los secretos de un lugar tan diferente al mío, en un continente tan lejano.

Y fue que un tipo comenzó a seguirme.

Pasaba en aquel momento por una calle solitaria, sucia y tan oscura que ni siquiera contaba con alumbrado propio. La única luz que tenía provenía de unos cien metros más adelante, donde la calle terminaba y se cruzaba con el río Chao Praya.

No podía avanzar un metro sin pisar vidrios rotos a cada paso, así que iba con cuidado; para colmo llevaba unas menorquinas y cortarme y agarrar alguna infección del trópico era lo último que necesitaba.

Iba haciendo todo el ruido del mundo, el sigilo nunca ha sido mi fuerte, y fue entonces cuando lo vi de refilón, un movimiento, una sombra… y por supuesto me asusté. No estaba segura al principio de si se podría tratar de un perro o una persona y, pensándolo fríamente, no sabía que opción me daba más tranquilidad.

Lo único seguro era que debía apresurarme, llegar a la luz y la seguridad que el río me brindaba. Estaba convencida de que por allí delante pasaría más gente, porque allí donde yo estaba, en mitad de la oscuridad más absoluta, la única compañía que tenía era mi perseguidor, fuera lo que fuera.

Y cuando alcé la vista y aceleré el paso la sombra se aceleró también, consciente de que si quería atacarme, debía hacerlo allí, donde estaba sola y era vulnerable. Optó por salir al centro de la calle y situarse detrás de mí.

Oía sus pasos rápidos y de repente me dijo algo en tailandés, supongo.

Yo ni siquiera me volví.

—*Stop* —dijo entonces y lo repitió varias veces más.

Si pensaba que me iba a detener estaba listo.

Si me hubiera vuelto para estudiar su posición, en lugar de concentrarme exclusivamente en mis propios pasos, de seguro podría haberlo esquivado, pero yo solo pensaba en ignorarlo y escapar, de modo que cuando me agarró por el brazo me pilló totalmente desprevenida.

Di un respingo, un salto, y tropezando caí al suelo sobre una bolsa enorme, de basura supongo, de esas grandes que sacan los restaurantes con las sobras. Lo bueno es que amortiguó mi caída y evitó que aterrizara sobre los cristales del suelo; lo malo es que estaba tan mullida que me era bastante difícil incorporarme de nuevo.

Estaba más expuesta que nunca y mi movilidad era bastante reducida.

Aquel hombre también lo supo y se plantó delante de mí.

Sonrió, y yo desde abajo solo distinguí su silueta y el brillo de sus ojos y su dentadura.

Estaba derrotada.

No podía estar más aterrorizada pero, aun así, no dejé de luchar por ponerme en pie, al menos así tendría alguna opción. No pensaba ponérselo fácil y, cuando creí que ya se abalanzaba sobre mí, cayó al suelo, sobre los cristales y la mugre, tendido, fulminado, con la cara a escasos centímetros de mis pies.

Dejé de moverme intentando encontrar alguna explicación a lo que terminaba de suceder y, cuando alcé de nuevo la mirada, vi a aquel otro hombre. Era pequeño en tamaño y complexión, tenía el semblante serio y sostenía en su mano derecha un cuchillo ensangrentado.

Me llevé las manos a la boca y lo comprendí enseguida. Lo había matado.

¿Y entonces? Saqué fuerzas de flaqueza, rodé sobre mí misma y me levanté de un salto.

Aquel hombrecillo no se movió y permanecía serio, con una mirada impenetrable que no me revelaba sus intenciones. A pesar de la oscuridad sabía que se trataba de un local. Por su corte de pelo y su postura allí de pie, no me cabía la menor duda.

Lo que me urgía averiguar es si había cometido aquel crimen atroz para ayudarme o simplemente para quitarse de encima un competidor. No se puede confiar en alguien que mata a otro por la espalda, son de la peor calaña.

Mi corazón latía tan fuerte y tan deprisa que ni siquiera me permitió oír lo primero que me dijo:

—Ayúdame a tirarlo al río.

Tuvo que repetírmelo varias veces, hasta que logré reaccionar.

Miré entonces aquel cuerpo inmóvil en el suelo, boca abajo, y distinguí el brillo de la sangre que brotaba por su espalda. No pensaba contradecir a aquel hombre cuchillo en mano y asentí nerviosa, intentando tragar algo de saliva. Tenía la boca seca y me faltaba el aire.

A partir de ahí seguí sus instrucciones al pie de la letra, las que me daba con movimientos de cabeza y las señales con los dedos; así que, cogí al cadáver, porque se trataba seguro de un cadáver, por las axilas y tiré de él mientras el otro empujaba por los pies.

Pesaba muchísimo y acabé tirando de las muñecas, era más efectivo, pero aun así tenía que arquear la espalda totalmente para moverlo cada centímetro y, cuando al fin llegamos a la claridad, al cruce con el río, nos detuvimos y miramos a ambos lados hasta que no hubo nadie y tiramos al agua a aquel infeliz.

Tardó escasos segundos en hundirse y aquellos peces resbaladizos, amontonados los unos sobre los otros, salieron a recibirlo a su mundo. Yo contemplaba la escena hipnotizada, sí, aquella era la palabra. Aunque mi mente trataba de alertarme del peligro que corría y me instaba a que saliera corriendo de allí, mis ojos seguían clavados en el agua intentando adivinar si aquellas criaturas lo devorarían. Podía haber sido yo la que se estuviera hundiendo en aquellos momentos, entrando al infierno, y esa última reflexión hizo que recobrara la conciencia. Cuando al fin levanté la mirada, estaba sola.

Giré sobre mí misma para asegurarme pero, en efecto, del hombre bajito no había ni rastro.

Estaba sola.

Aquel hombre se había esfumado, menos mal, y yo debía hacer lo mismo. Corrí como nunca antes lo había hecho en mi vida, escapando tanto del lugar como de mis pensamientos. Salté por encima de cadenas, pilotes de hormigón y casas improvisadas en los muelles. Corrí hacia el bullicio, la música, como si fueran el aire que necesitaba para respirar y cuando al fin giré una esquina y me topé con gente y bares, suspiré aliviada.

Las manos me temblaban y estaba sudada, pero aun así me escurrí entre la multitud buscando contacto con la vida, con la normalidad, la realidad e, incluso, alguien se ofreció a invitarme a unas copas.

Yo no estaba para eso. Ya había tenido bastantes aventuras por un día. Me apoyé en una pared y en cuanto recuperé el resuello pedí un taxi y volví al hostal.

Ya en el vehículo, sintiéndome segura en el tapizado del asiento trasero, me giré por última vez hacia la gente que dejaba, la que vivía feliz, la que pensaba que Bangkok no tenía peligros y me pareció verlo allí, al hombrecillo, pero no podía ser. Pestañeé y cuando volví a abrir los ojos ya no estaba.

Debía tranquilizarme.

Bangkok se había convertido en una auténtica extraña.

Me desperté sobresaltada a la mañana siguiente cuando justo acababa de amanecer y aunque al principio pensé que todo había sido un sueño, pronto supe que no había nada más real.

Se me aceleró el pulso de nuevo y me sentí mareada. Tenía el pelo empapado de sudor y la ropa apestaba, claro, me había revolcado en una bolsa llena de basura, así que necesitaba salir de aquella suciedad, liberar mi cuerpo y mi mente y darme una ducha.

Una ducha me haría sentir mejor.

Encendí la ducha y, mientras dejaba correr el agua en la bañera, para evitar abrasarme, me lavé la cara en el lavabo y fue entonces cuando las vi: había manchas oscuras en mis manos, debajo de las uñas y entre los dedos.

Sangre.

Me horroricé, solté un grito y me aparté del espejo, como si él tuviera la culpa.

Estaba al borde de un ataque de nervios.

Inspeccioné la camiseta mientras me apartaba el flequillo de los ojos con las muñecas, como si mis manos estuvieran malditas de repente. No quería tocarme con ellas.

Todo daba vueltas a mi alrededor.

Había sangre en la camiseta, manchas en la manga y en la zona del pecho, de refregarme yo misma, seguro.

¿Cómo no me había dado cuenta antes? ¿Cómo había sido tan estúpida?

Era de esperar, había estado arrastrando un muerto durante al menos cincuenta metros a través de cristales rotos, me extrañaba que no hubiera más sangre por todas partes.

Me relajé y examiné cada prenda detenidamente. Tenía también manchas en mis piernas como de salpicaduras y en el pantalón corto, nada excesivo, pero no sabía si lo suficiente para levantar sospechas.

Estaba paranoica.

Me desnudé al fin y me metí bajo el chorro de la ducha, esperando que se llevara todo aquel horror y confusión por el sumidero, para siempre. Estaba claro que debía encontrar la manera de vivir con aquella experiencia. Al fin y al cabo yo no había hecho nada y de haberlo hecho, que no lo hice, hubiera sido en legítima defensa. Lo de deshacerme de un cadáver y tirarlo al río, ocultar un crimen, no sé, igual me hacía cómplice y no sabía qué tendrían las leyes tailandesas que decir al respecto.

¿Habría pena de muerte en Tailandia?

Se me aceleraba el corazón.

No sabría decir cuánto tiempo pasé bajo el agua pero, cuando salí, estaba cansada, exhausta y sin saber a qué atenerme.

Tenía que irme de allí.

Había por ahí suelto un cadáver que a esas mismas horas podría estar siendo portada de periódicos y noticieros, con mis huellas dactilares por todas partes.

¿Se lo habrían comido los peces? ¿Entero? ¿Con todas las pistas que me incriminaban?

La cabeza me iba a explotar.

Aún envuelta en la toalla me acerqué a la ventana. Necesitaba aire fresco, respirar, llenarme de la luz del sol, y en cuanto me asomé… lo vi. Estaba allí parado, en la calle, y miraba directamente hacia mi ventana.

Me agaché bruscamente, presa del pánico, y el corazón volvió a sacudirme fuerte, como diciendo que se salía de mi cuerpo, que no estaba para tantas impresiones y me dejaba allí.

Me zumbaban los oídos y se me nubló la vista.

Era el hombrecillo, el asesino del cuchillo ¿Qué hacía bajo mi hotel?

¿Me habría visto? ¿Cómo era posible que estuviera mirando directamente a mi habitación? ¿Sabía que estaba allí?

Todo me daba vueltas pero no era momento para desmayarse. Debía pensar en algo y rápido, así que me apoyé en la pared y volví a asomarme por la ventana, lentamente, lo justo para mirar de nuevo… y aquel hombre ya no estaba.

Lo busqué con los ojos, derecha e izquierda, sin atreverme a mover nada más. No estaba. Yo no sabía que era mejor, si verlo o no verlo sabiendo que me rondaba.

Me vestí a toda prisa con ropa limpia y guardé todas mis cosas en la mochila: ropa, ordenador, enseres… busqué mi pasaporte, el resto de la documentación y el dinero y me los metí en los bolsillos, para llevarlos encima.

Tenía que irme de allí cuanto antes.

Metí en una bolsa de plástico la ropa manchada. No quería llevarla en la maleta, mezclarla con el resto de mis cosas, llenarlo todo de ADN o de lo que fuera que estuviera impregnada por culpa del bastardo de la noche anterior.

Tenía que deshacerme de ella, pero no era cuestión de dejarla en mi propia habitación del hostal.

Me cargué la mochila y cogí la bolsa. Me iba de allí.

Abrí la puerta y me asomé al pasillo, largo, interminable. Miré la tarima y recordé lo ruidosa que era. Lo que el día anterior me había fascinado, me parecía entonces demasiado inapropiado, en mis circunstancias. Quería escapar sin ser vista ni oída.

Y de repente volví a verlo, su contorno, una sombra, al final de aquel corredor. Bajaba de la planta tercera y se encaminaba escaleras abajo. No me lo pensé. Dejé la mochila y la bolsa en la habitación y salí en su busca, sigilosa pero rauda. Debía averiguar sus intenciones, qué hacía allí o me daría algo.

Bajé a la planta primera y me asomé. No había nadie.

Seguí hasta recepción y asomé la cabeza de nuevo.

—Hola española —me saludó la recepcionista con una amplia sonrisa.

A mí me dio un susto de muerte.

—Hola Cindy —le dije—. ¿Has visto un tipo por aquí? Bajito, local… ¿lo has visto?

Intentaba sonar tranquila pero sabía que no lo conseguía. No podía pedir más. Estaba al borde del infarto.

La chica se encogió de hombros.

—Acabo de llegar, no he visto a nadie aquí dentro. Mientras venía, bajitos y locales… me has descrito a media Bangkok.

Vale, entonces se había ido. Yo lo había visto bajar y allí no estaba… seguramente se habría cruzado con Cindy viniendo.

Bien.

Debía regresar a mi habitación, coger mis cosas y marcharme de allí lo antes posible. Tenía pagado el hostal por tres días más, así que, si me marchaba, no preguntarían. Al día siguiente, desde algún lugar seguro, les mandaría un email para decirles que no volvería, que me había enganchado a una excursión y estaba tumbada al sol en una playa de arena blanca.

Aquello pasaba constantemente.

Subí los escalones de dos en dos y, cuando llegué a mi planta, corrí haciendo crujir la tarima desgastada y llegué a mi habitación.

La puerta estaba abierta de par en par ¿La había dejado yo así?

Había alguien dentro.

Era una de las mujeres de la limpieza y justo la pillé hurgando en la bolsa de plástico, la bolsa que me involucraba en un crimen.

—¡Ey! —le dije—. ¡Suelta eso!

La chica dio un salto y se volvió a mirarme. Al principio pareció sorprendida al verme allí, pero después cambió el gesto y me volvió a dar la espalda, como si no hubiera estado haciendo nada malo.

Comenzó a cambiarme las sábanas.

—Ha visto la sangre —dijo una voz desde detrás de mí.

Me volví sobresaltada y allí estaba Cindy, apoyada en el quicio de la puerta.

—Sí, sí, no lo dudes —me repitió—. Ha visto la sangre, lo que sucede es que es muy lista y disimula.

—No había más que unas manchitas —dije tartamudeando, sin dar crédito a lo que oía—. Es imposible que sepa que se trata de…

—Estas lo saben todo, no creas —me interrumpió mirándome fijamente—, la ciudad corre por sus venas, pero no te preocupes y deja que te ayude.

Cindy se metió en el baño y dejó caer agua en la bañera. Salió de nuevo y, antes de que pudiera impedirlo, agarró la lamparita de la mesita de noche y a la propia mujer que aún estaba ocupada en mi cama. Le dio un par de bofetones para aturdirla y la arrojó a la bañera. Enchufó la lamparita y la tiró también.

No podía dar crédito a lo que acababa de suceder y me cubrí la cara horrorizada.

¡Aquella mujer se estaba electrocutando a escasos metros! Convulsionó salvajemente por un momento, después… nada.

Caí de rodillas al suelo.

—Los accidentes ocurren —me dijo Cindy como si aquello hubiera sido fortuito—, pero ahora toca que te largues, con la bolsita de plástico y tu mochila. Lejos. Huye.

La miraba desde el suelo y su imagen se nublaba delante de mí, volvía a estar mareada.

Alguien más entró en la habitación y cerró la puerta detrás de sí.

Era el hombrecillo de la noche anterior, me había encontrado. Corrí a acurrucarme junto a la pared, aterrorizada.

—Vete de aquí, hazle caso —me dijo en un castellano perfecto.

No entendía nada.

Aquel hombre y Cindy, como si se conocieran de toda la vida, acabaron de hacer la cama, colaborando el uno con el otro amablemente y, después, se sentaron en ella, mirándome con ternura.

Cada vez estaba más confundida.

—No nos hagas pasar por esto otra vez —dijo Cindy entonces—, no te metas en más líos…

No sabía a qué se refería.

—¿Quién eres? —pregunté dirigiéndome al hombrecillo.

A Cindy ya la conocía, era la recepcionista asesina de empleadas del hotel, pero… ¿y él?

—¿Quién voy a ser? Tu lado más oscuro…

—Somos los dos —le interrumpió Cindy divertida—, somos los dos tu lado más oscuro.

—Somos los personajes que inventas cuando sigues tus impulsos… y después no quieres hacer frente a las consecuencias —continuó el hombre—, como cuando caminas por una calle oscura, ves a alguien delante de ti y lo apuñalas con un trozo de vidrio del suelo, por detrás…

—O como cuando decides electrocutar a la chica del hotel porque crees que ha visto tu ropa manchada de sangre —dijo Cindy de nuevo.

Y el hombrecillo la miró molesto.

Ya iban dos interrupciones.

—Pero —balbuceé—, yo no he hecho nada…

Y ambos rieron.

—Siempre igual, tú nunca haces nada, pobre chica indefensa… ¿Y qué haces entonces escondida en Bangkok? —me preguntaba

Cindy—. ¿Qué sucedió antes en Indonesia? ¿De qué huías incluso antes de llegar allí?

Y sentada en el suelo vi como aquellos dos personajes se fundían con el aire, se esfumaban ante mis ojos y me quedaba sola, con la muerta de la bañera.

Recordé que no era la primera vez que tenía una conversación como aquella y, de repente, a mi mente acudieron imágenes sueltas, escenas que se entremezclaban rápidas. El hombre estrangulado en México, los dos autoestopistas en Java, la mujer turca…

Me levanté del suelo serena y me cargué la mochila a la espalda. Después cogí la bolsa de plástico y salí de la habitación haciendo crujir la tarima a medida que recorría el pasillo.

Tenía que salir de allí lo antes posible, pero sin prisa, sin llamar la atención.

Aquella no era la primera vez que lo hacía, y no se me daría mal.

7 LONDRES – REINO UNIDO

La decisión estaba tomada: pasaría la noche en el parque.

Sobre las cinco y media de la tarde me escondí en una de las zonas elevadas de jardín frondoso para tener visión del edificio de los eventos, y me quedé quieta.

Había pasado las tardes en aquel mismo lugar, enamorada de la combinación de largas praderas y zonas de bosque, de la forma de cada árbol y las sombras de sus ramas, y todas las veces, sobre aquella misma hora, un responsable del parque lo había recorrido de cabo a rabo, avisando a quien encontraba en su camino que faltaba apenas media hora para cerrar.

A mí aquello me enfadaba. Pero si aún era de día… ¿Qué razón había para cerrar tan pronto? Y el empleado me respondía que eso dependía de la época del año y que las normas no las había puesto él.

Y a mí me pillaba a mitad siempre, con un montón de ideas que tenía que escribir antes de que se esfumaran por completo y mi concentrada calma se convertía en un torbellino de estrés y prisas. Así no podía continuar.

Después el señor se marchaba y seguía su ronda y, cuando al final se aseguraba de que allí no quedaba nadie, echaba el candado alrededor de las puertas del parque y yo sentía como si me hubiera echado del jardín del Edén.

No más.

Aquel día sería diferente. Estaba decidida a esconderme y pasar allí la noche hasta que abrieran a las siete de la mañana y, por si en una de aquellas me pillaban, fingiría que me había quedado dormida, traspuesta, que todo fue un error lamentable.

No había riesgo alguno… o eso pensaba entonces.

Idílicamente me gustaba pensar que lo hacía en pro de la justicia y el derecho a disfrutar de los parques a cualquier hora del día o de la noche, allí en Londres o donde fuera, pero pensándolo más crudamente, siendo más visceral, la experiencia le vendría genial a mi blog. Lo tenía un poco abandonado desde que salí de Viena y, tal vez, aquella incursión clandestina le diera un empujoncito.

Si la cosa se ponía aburrida, o hacía demasiado frío, siempre podría saltar por la puerta y largarme.

Lo tenía todo controlado.

Me había escondido en el mejor lugar posible. La vegetación me camuflaba y tenía acceso visual a la gran casona donde se celebraban los eventos, de la que saldría el empleado a echarnos, como siempre. También veía los caminos que conducían al este y los que volvían por la parte de atrás de nuevo al noroeste.

Pude ver perfectamente al trabajador del parque cuando salió del edificio y comenzó su ronda.

El parque mediría unos trescientos metros de lado, era un cuadrado enorme en el Norte de Londres. Contaba con una amplia zona de juegos para los más pequeños; una construcción amurallada, aparte de la de los eventos, que contenía un espléndido jardín de flores; un estanque con peces; las praderas que ya he mencionado y más de diez acres de vegetación salvaje y jardines. Impresionante. Pequeños caminos serpenteaban entre los distintos puntos y mostraban el acceso a lugares preciosos, como claros con troncos cortados y dispuestos a modo de asiento, o enclaves con animales tallados.

Llevaba tan solo un par de días trazando mi plan, tampoco hacía falta más, durante los que perseguí con disimulo a aquel vigilante en su ronda. En ambas ocasiones hizo el mismo recorrido, así que, en los momentos en los que desde mi posición no podía verlo, intuía dónde podría estar.

De la casa al estanque y después trazando los caminos que llevaban al este del parque, desde allí subiría hacia el norte pasando por la zona de juegos donde perdería un poco más de tiempo, dado lo concurrida que solía estar después de las clases, y desde allí hacia los caminos que volvían al oeste y a la casa otra vez.

Lo imaginaba con su paso firme, mirando a los lados de vez en cuando y pasando por entre los bancos que limitaban el camino. Me encantaban aquellos bancos y entendía que estuvieran ocupados por gente que escribía, como yo, o dibujaba también, de todo había. Levantarían la vista para mirar al hombre y tendrían que guardarse la inspiración para otro día.

Yo no.

Cuando los últimos padres empujando carritos salieron del parque arrastrando a los niños más rezagados, los que no se querían marchar, aquel hombre cerraría las dos puertas con la cadena y el candado y se dirigiría al punto de partida, a la casa. Allí se cambiaría y saldría con los demás trabajadores a través del parking, con ropa de calle.

A las seis y treinta y cinco y con el sol que todavía brillaba con intensidad, estaba oficialmente sola en el parque.

Ya estaba hecho, no había vuelta atrás. Respiré satisfecha.

Me sentía mejor de lo que creía y aún me quedaba una hora de sol, así que podía hacer lo que quisiera. Extendí los brazos y corrí dejando que mis pulmones se llenaran con aquel aire que era por entero para mí, exclusivo.

Recorrí los caminos enrevesados y leí los nombres que aparecían en las placas de los respaldos de cada uno de bancos.

"En memoria de…"

Y yo los saludaba al pasar, pensando en la tremenda suerte que tenían al vivir allí para siempre.

Acabé, para mi propia sorpresa, subida en el tobogán más alto de la zona de juegos y allí mismo me puse a escribir sin control, ansiosa, feliz y libre.

Tan concentrada estaba yo en lo mío que la noche se me echó encima y las líneas que escribía se volvieron invisibles.

Alcé la vista. Corría algo de viento, así que lo mejor sería cambiar de ubicación. Me deslicé por el tobogán, me abotoné la chaqueta y anduve buscando una zona más protegida. Cuando vi desde una de las praderas el montículo de piedra, junto al estanque, pensé que era el lugar perfecto. Las sombras alargadas se desperezaban, despidiendo los últimos instantes de claridad. Pronto, la oscuridad lo cubriría todo de plata.

Me senté en una de las rocas y apoyé mi espalda en otra. Detrás de mí las piedras se amontonaban dejando pequeños espacios entre los que había flores plantadas, cada grupo con su etiqueta identificativa. El promontorio, de unos cinco metros de altura, estaba cubierto de ellas. A unos veinte metros, no más, estaba el estanque.

Saqué mi linterna y seguí escribiendo, más relajada, satisfecha, y cuando me entró hambre saqué de mi mochila algo de comer.

De repente escuché algo, un ruido, y apagué la linterna instintivamente.

Me mantuve alerta. Podría ser cualquier cosa, desde alguna ardilla que hacía crujir las ramas a su paso, hasta un zorro curioso que se preguntara qué hacía yo allí a aquellas horas; pero teniendo en cuenta que yo era una polizonte en aquel lugar, debía ser precavida.

No había pensado en la posibilidad de que hubiera un guarda nocturno, no sería extraño del todo, así que me mantuve expectante.

Mis ojos tardaron, al quedar a oscuras, un minuto escaso en descifrar las gamas de gris que componían la oscuridad.

Volví a escuchar aquel ruido de nuevo y esta vez con toda mi atención puesta en localizar su origen, lo identifiqué al instante. Venía del estanque.

Eran los peces, los más grandes. Asomaban la cabeza, o la cola, yo solo veía que algo rompía la lámina de agua y producía un tintineo agradable, silencioso, que llegaba a mis oídos tan nítido como mi propia respiración.

Me puse en pie y me acerqué al estanque, sigilosa, para no ahuyentarlos, cuando algo me sobresaltó.

De entre las sombras que los matorrales formaban alrededor del agua apareció la figura de una mujer y quedé petrificada.

Era más clara que lo que la rodeaba y miraba en mi dirección, así que opté por quedarme quieta mientras mi respiración se aceleraba. Tampoco tenía mucha más opción, mis piernas estaban como ancladas en el suelo.

La mujer entonces levantó los brazos por encima de su larga cabellera, que parecía flotar a los lados del cuello y, aunque no había música y nos rodeaba el silencio roto por el tintineo de los peces, aquella figura saltó al agua y bailó.

Bailó con los brazos extendidos. Los mecía al mismo tiempo que se mecían sus propios cabellos y yo no podía creer lo que veían los ojos. Flotaba como si la superficie fuera su escenario.

No sabía si agacharme y hacerme menos visible o huir, pero cuando aquella figura lánguida se detuvo frente a mí, a unos quince metros de distancia, extendió su brazo y señaló hacia donde yo estaba, me tiré al suelo.

Me cubrí la cabeza con las manos y respiré sobre la hierba, espantada. Me atreví a levantar la cabeza y mirar de nuevo unos segundos después, no creo que llegara a un minuto, y aquella figura seguía inmóvil, tal como la había dejado.

Su brazo seguía extendido, señalando un punto que estaba definitivamente por detrás de mí, así que, muy lentamente, intentando no emitir ningún ruido, me volví.

Detrás de mí, y siguiendo la dirección de su dedo que apuntaba a la zona más alta del montículo de piedras, había otra figura, oscura esta vez, raquítica y torcida que se hinchaba con cada respiración. Los brazos largos, la espalda encorvada y dos cuernos que salían de su cabeza, abiertos en su zona inferior, que se iban ramificando para encontrarse de nuevo en la parte más alta.

Se trataba de una presencia agitada, tenebrosa, y me miraba.

Aquello no podía estar pasando y el corazón y la cabeza me iban a estallar.

Volví de nuevo la cabeza más lenta y silenciosamente que antes, como si existiera una posibilidad de que aquella figura sobre el montículo no me hubiera visto y, cuando mi cara estuvo de frente de nuevo, vi otra cara frente a la mía, a escasos milímetros, blanca y con los ojos vacíos. Estaba en el suelo, extendida como yo, y cuando vi su pelo flotar supe que era la bailarina del estanque.

"Sal de aquí o te cogerá", me dijo sin mover los labios.

Y por fin mis piernas me obedecieron, mi cuerpo se puso en marcha y salí corriendo de allí, despavorida.

Crucé la pradera incapaz de pensar en nada más que en abandonar el parque y me dirigí a la puerta más cercana. Intentaba no hacer ruido pero incluso mi respiración era brusca, incontrolada y cuando intentaba bajar el volumen de mis jadeos sentía que me faltaba el aire.

Me sentía observada, vigilada, incluso en dos ocasiones noté como si alguien me estuviera respirando en la nuca y, de pronto, me detuve ¿Qué estaba pasando?

De repente noté mucha paz, tranquilidad, como si estuviera a salvo de cualquier peligro, y miré a mi alrededor. Estaba en un sendero, con bancos más adelante, y allí había gente que me miraba.

Solo podía ver sus siluetas con las cabezas vueltas hacia mí. Permanecí quieta, recuperando el aliento, pensando qué hacer, preguntándome por qué de repente me sentía tan en calma.

Avancé lentamente dando pasos muy cortos y, a medida que avanzaba, la figura que me esperaba sentada en el primer banco se iba haciendo más visible, se iban dibujando los detalles de su vestido y el pelo, como si se estuviera materializando a medida que me acercaba a ella. Había una mujer sentada y con una sonrisa amable, me invitó a sentarme a su lado. No me pude negar.

—Descansa —me dijo—. Recobra tus fuerzas.

Tragué saliva y me senté lo más alejada que pude de ella.

—¿Quién eres? —le pregunté.

Y la mujer se volvió hacia el respaldo en el que nos apoyábamos y subrayó el nombre inscrito en la placa con los dedos.

—Anne Withmon —me dijo.

Leí la placa con ella y su respuesta no me sorprendió, casi me la esperaba, pero la extraña calma que sentía me hizo no temerla. En la inscripción ponía de 1908 a 1999, así que aquella mujer debía tener noventa y un años, aunque no aparentaba más de cuarenta.

A aquellas alturas yo ya sabía que nada de lo que viera esa noche iba a ser convencional, y temía por lo que pudiera sucederme.

Más adelante, decenas de cabezas no me quitaban los ojos de encima y preferí estar allí sentada que en cualquier otro lugar.

—No los tengas en cuenta —me dijo refiriéndose a los demás—. Nos has pillado a punto de entrar al jardín amurallado y oler las flores. Nadie nunca suele interrumpir nuestra rutina.

No dejaba de observarlos. Me intranquilizaban.

—No te preocupes por ellos, en serio —me dijo—. Mantén la paz en tu interior, disfruta de la noche, es preciosa.

—¿Por qué estoy sentada contigo? ¿Por qué puedo verte? ¿Estoy muerta? —le pregunté.

La mujer me examinó de cerca y yo aguanté la respiración. Su mirada intensa, clavada en mí, me produjo miedo y angustia.

Había ocasiones en las que la sentía tan cerca que parecía que se me había metido dentro. En otras la veía distante, allí sentada, con su vestido de gasa azul y brillante.

—No creo que estés muerta —me dijo—. También es extraño para mí verte por aquí, no te creas. Tal vez te hayas quedado dormida, o puede ser que seas médium ¿Eres médium?

Negué con la cabeza.

Ojalá estuviera dormida.

La mujer se alisó la falda por encima de las rodillas y yo admiré su vestido.

—Es el vestido que llevé en la boda de mi nieto —me dijo—. Si llego a saber cómo es esto antes de venir, hubiera pedido algo más cómodo en mis últimas voluntades… no olvides tenerlo en cuenta.

Hubiera preferido unos pantalones así, como los tuyos, unos vaqueros. Nunca tuve la oportunidad de llevar unos, qué tontería.

Tragué saliva. La paz inicial se iba disipando y ahora me preguntaba qué estaba haciendo allí y adónde me llevaría aquella conversación ¿Pretendía que le regalara mis pantalones? No sabía lo que se suponía que tenía que hacer.

Anne entendió que no me resultaba fácil hablar y siguió ella:

—Este no es lugar para los vivos. Vosotros tenéis el horario de mañana, hasta las seis si recuerdo bien, después es nuestro turno, así funciona. Vosotros disfrutáis de los pétalos abiertos que buscan los rayos del sol, nosotros nos deleitamos con el descanso de las flores, bello.

—Ya me iba —me disculpé.

Pero poniéndose alerta, como si hubiera escuchado un ruido de repente, me indicó que no me moviera. Noté su contacto de forma extraña, como si su presencia me estuviera envolviendo de la cabeza a los pies.

—Alguien del mundo de la noche te busca, por eso puedes vernos. En este lugar hay una gran puerta al otro lado y convivimos dos tipos de presencias, los que aún no queremos marcharnos; y los que no podrán hacerlo jamás. A ti te buscan estos últimos.

Su tono sonaba grave, solemne, y se acercó a mí en el banco, aunque yo la notaba recorriendo todo mi ser.

—Sigue tu intuición, sal del parque lo antes posible. Este lugar no es para ti.

Tenía los ojos clavados en los míos de tal manera que los sentía posados en mi mente, como si en realidad Anne me hablara desde dentro de mí y fuéramos una.

—¿Me busca una criatura maligna? —pregunté—. ¿Es eso lo que me acecha?

La mujer sonrió.

—¿Maligna? ¿Es maligno el animal que caza para sobrevivir? Digamos que son formas de energía negativa, residuos de sucesos que pasaron en algún lugar y que no han podido sanar adecuadamente… hay un par en el parque, las hay en muchos lugares… pero no te hará nada si no se lo permites.

—Ayúdame —le pedí—. Ayúdame a salir de aquí.

—No soy más que energía, de otro tipo… la que deja una existencia feliz e intensa, una vida vivida y, si me ves, es porque me lo estás permitiendo, porque sientes la paz y la armonía de mi vibración. Llena tu corazón de paz y de amor y nada podrá contigo. Siente miedo, angustia, y vibrarás con la misma frecuencia que aquello que te quiere dar caza y se alimentará de ti, te absorberá igual que mi paz te absorbe.

No dejaba de pensar en sus palabras y me encontraba confusa, intranquila… Solo quería marcharme de allí.

—No te confundas —me pidió entonces adivinando mis pensamientos—, o solo tendrás ojos para él.

Anne se desintegraba frente a mí y en medio del camino, más arriba, una figura conocida, torcida y con los cuernos que se entrecruzaban en lo alto de su cabeza, se iba haciendo sólida.

Un escalofrío me recorrió de pies a cabeza y antes de que pudiera evitarlo, tanto Anne como las demás figuras de los bancos habían desaparecido de mi vista.

Solo aquella criatura y yo.

El cazador que quería dar conmigo.

Me levanté con la intención de correr alejándome de él camino abajo, pero en cuanto di el primer paso me di cuenta de que no podía avanzar.

Miré mis pies y vi un par de manos que los asían firmemente a la altura de los tobillos, apretando de tal manera, que el tacto rugoso como el de la corteza de un árbol, me abría heridas en la piel.

Volví la cabeza y allí estaba aquel demonio, porque eso es lo que era, eso es lo que vi cuando lo tuve tan cerca. Estaba tendido en el suelo detrás de mí y tenía la cara levantada, sus ojos en los míos, clavados en mis entrañas tan profundamente como antes lo habían estado los de Anne.

Grité con todas mis fuerzas, pedí ayuda, lloré, me tiré al suelo y luché por zafarme de aquellas manos agrietadas y vi, entonces, que por detrás de aquella criatura se arrastraban en mi dirección algunas más, sigilosas, retorcidas, pequeñas y escurridizas. Algunas venían por el camino, otras se descolgaban de los propios árboles y las demás se arrastraban con el vientre pegado al suelo.

Los había a decenas.

Cerré los ojos. Los cerré tanto que me hicieron daño.

Me permití el lujo de gritar, un grito fuerte, tan intenso que me sacó todo y me dejó agotada. Pensé entonces en las palabras de Anne y decidí vibrar con paz, sentir amor. Para ello me concentré en mis ángeles, en mis propios abuelos y en la felicidad que me causaba que después de su vida larga y plena se hubieran reencontrado en otro lugar; y el pensamiento se volvió tan hermoso que me iluminó por entero. Era como si de repente mi pecho estuviera irradiando vida e incluso sonreí.

Cuando abrí los ojos, Anne me tendía la mano y me ayudaba a ponerme en pie.

—Me alegra verte de vuelta —me dijo—. Ahora vete… apresúrate.

Me empujó suavemente, con unos dedos que parecían de seda, y me puse en marcha camino abajo.

Llegué al claro de troncos cortados, corrí hacia el parque de juegos manteniendo la respiración sosegada y la mente tranquila y pronto estuve ante una de las puertas de entrada.

Aquella puerta era excesivamente alta, con barrotes que terminaban en forma de flecha a unos tres metros de altura.

Infranqueable, claro, nunca contemplé la posibilidad real de tener que escapar porque un demonio me persiguiera, así que no había considerado si sería capaz de salir por allí o no.

La cadena y el candado, pesados ambos, entrelazaban las dos hojas gigantes de aquella puerta de barrotes y aunque las sacudí varias veces, con todas mis fuerzas, no hubo manera de moverlas.

Estaba atrapada.

Y la respiración se me aceleró.

Por más que intentaba sosegarme, la calma me abandonaba y daba paso a una sensación de agobio infinita.

Me estaba desesperando.

Cuando volví la cabeza hacia el interior del parque allí estaba de nuevo. Sabía que estaría allí, esperando mi debilidad, ansiando que perdiera el juicio por completo para poder agarrarme y, aunque lo intentaba, solo saber que estaba allí me impedía concentrarme.

"Vamos", me decía a mí misma, "ya lo has hecho una vez".

Y estaba segura de poder volver a hacerlo pero, ¿por cuánto tiempo?, faltaban horas para que abrieran el parque de nuevo.

Me estaba perdiendo entre pensamientos desesperados en los que veía imposible salir de allí y lo último que recuerdo, antes de cerrar los ojos, fueron siluetas negras, patéticas y torcidas que se me acercaban, que estarían a mi lado en pocos segundos. Me susurraban, incluso, se aseguraban de no dejar en mi mente ni un pequeño espacio para la calma, la paz y el amor, pero me mantuve fuerte, no me rendí y volví a pensar en mis abuelos, en los abuelos de mis abuelos y en un mundo colorido y perfecto, de plata…

No podía.

—¡Anne! —chillé—. ¡No puedo!

Y sentí su voz, calmada y perfecta.

—Claro que puedes… de eso estás hecha… descansa… simplemente descansa… estás tan cansada…

Y la obedecí. Entreabrí los ojos una vez más y la vi delante de mí, su cara dulce, su sonrisa y su vestido azul de gasa.

Yo le sonreí también.

Y nos abrazamos. Su abrazo fue tan intenso que me traspasó la carne, con un tacto que más se parecía al de la corteza de un árbol que a la seda de sus dedos… y me quedé dormida.

Me despertó la voz de un hombre y noté como mis hombros se sacudían, hasta que abrí los ojos del todo. Se trataba de uno de los vigilantes del parque, llevaba el uniforme.

—¿Qué haces aquí? —me preguntó.

Tenía la cara apoyada en los barrotes de la puerta del parque y el cuello totalmente torcido, así que antes de contestarle intenté incorporarme y erguir la cabeza. Me dolía todo el cuerpo.

—¿Qué hora es? —pregunté.

—Las seis y cuarto —me dijo—. ¿Qué haces aquí? ¿Has pasado aquí la noche?

Yo no tenía ni fuerzas ni ganas de contestarle, bastante tenía examinándome, comprobando que estaba viva, sana y salva y, al final, después de mucho esfuerzo, me puse en pie.

—¿Estás bien? —me preguntó.

—Sí —le dije mientras me palpaba el cuello—, me quedé dormida antes de cerrar… y me encontré la puerta cerrada… creo que he dormido aquí, contra la puerta, una mala postura.

—Acompáñame, te podremos dar algo de agua…

¿Volver al parque? Ni pensarlo. Solo quería salir de allí.

—No, por favor, debo irme —le dije—. Me estarán buscando… mis amigos… estarán preocupados… si me pudiera abrir.

El hombre me miraba compasivo.

—Claro, claro…

Y por fin, aquel candado dio un par de vueltas, se abrió, la cadena cayó al suelo y las hojas se separaron entre sí… estaba abierto.

El primer paso que di fuera del parque fue inseguro, como si algo dentro de mí pensara que todo lo que sucedió aquella noche había sido más real que un sueño y de pronto mi alma estuviera atrapada allí para siempre, pero, en cuanto me alejé de aquel lugar, fui sintiéndome más tranquila.

Estaba cansada, me dolía el cuello, también los brazos y las piernas y sentía una opresión en el pecho. Necesitaba llegar a mi hostal, tumbarme y descansar.

Me paré en medio de la calle y me levanté el pantalón dejando los tobillos al descubierto. La noche anterior me habían agarrado bastante fuerte, pero no había marcas. Nada.

Sonreí.

Todo había sido un sueño tan absurdo… la fuerza del amor venciendo a las tinieblas… sonaba todo tan idílico, tan tópico, que incluso me eché a reír.

Si no fuera por aquel terrible dolor en las articulaciones…

Más adelante en la calle vi el lateral de un edificio de oficinas, con las ventanas de la planta baja especulares, y me dirigí hacia él para ver mi aspecto después de haber estado toda la noche a la intemperie.

Cuando vi mi reflejo solo pude emitir un grito ahogado.

Subido sobre mis hombros, con las piernas que colgaban a cada lado de mi cabeza, estaba aquel ser deformado y raquítico de cuernos que se convertían en ramas. Dos figuras oscuras estaban encaramadas a mis antebrazos y tres más andaban por detrás, sujetándose de mis muslos.

Pesaban tanto que no podía mantenerme erguida.

8 KUALA LUMPUR - MALASIA

Increíble, pero allí estábamos Mocho y yo gastando nuestros últimos billetes en el bar español de la calle Changkat Bukit Bintang, a las faldas de las mismísimas torres Petronas, y cuando digo que eran los últimos que nos quedaban, toda nuestra fortuna, no exagero en absoluto.

Mocho me había pedido que lo esperara sentado en una de las mesas, y mientras releía la carta de tapas de arriba abajo sin atreverme a pedir nada, lo veía andar de un lado para otro, hablando con todo aquel que le diera un poco de cuerda, con una cerveza diferente en la mano cada vez.

A mí verlo así hacía que se me nublaran las letras del menú. No teníamos dinero para pagarnos nada de nada.

Hacía apenas un par de meses que lo conocía y, desde entonces, nos habíamos hecho inseparables, más por mi parte que por la suya. Me encantaba su manera despreocupada y espontánea de ver la vida; nada que ver con la mía, siempre intentando ir por delante, anticiparme a lo que pudiera suceder, preocupado, como entonces.

Lo envidiaba y estaba dispuesto a dejarme llevar, convertirme en Mocho 2 y regresar del viaje como una persona nueva, renovada y feliz. Demostrar que este paréntesis había valido la pena.

Levanté la vista y miré a mi amigo, en la barra, y él me miró de vuelta. Me hacía el símbolo de la victoria con los dedos y me animaba a pedirme algo, pero yo no sabía que pedir.

No era fácil pasar de lo que yo era y transformarme en él, ni pensarlo. En seis meses viajando solo, antes de conocerlo, no había hablado ni con la mitad de la gente con la que había hablado estando con él en una sola semana. Hacía falta mucho autocontrol, respiración y disciplina por mi parte para no levantarme de repente y correr a mi mundo de planificación, el mundo del que había huido.

Era complicado.

¿Y dónde me había llevado todo aquello, todo aquel empeño en agradarlo y convertirme en su sombra? Pues nada más y nada menos que a quedarme sin blanca, gastármelo todo, incluso el dinero de emergencia, el que tenía para comprarme un billete de vuelta si algo no andaba bien.

Mocho decía que no se podía ser libre, actuar de manera auténtica, cuando se llevaba el dinero del billete de vuelta, en dólares, atado con una cinta a los calzoncillos; y tenía sentido cuando lo dijo.

En cierto modo sabía que tenía razón.

—Pídete las sardinas —me dijo por detrás poniéndome las manos sobre los hombros y haciendo que saltara de la impresión— y bébete esto. Tenemos un plan para conseguir dinero.

Lo miré incrédulo mientras me pasaba la cerveza.

—Drogas no, Mocho —le dije—, que en este país te matan hasta por llevar hierba.

Y Mocho se echó a reír.

—¿Por qué tienes que ser siempre tan enrevesado? Ni se me ocurriría —me dijo—, que soy mucho menos estúpido de lo que parezco.

No le perdí de vista mientras se alejaba hacia la barra de nuevo y tampoco pedí las sardinas, estaba demasiado ansioso como para comer o meternos en una deuda mayor. Mocho se sentó junto a un tipo de unos cincuenta, con americana de lino clara abierta, camisa desabrochada hasta por debajo el pecho y cara ancha, todo un individuo, y cuando Mocho se volvió hacia mí y me señaló, aquel hombre me saludó y a mí se me heló la sangre.

¿Qué se le habría ocurrido esta vez?

"Mocho, por lo que más quieras, drogas no", y tragué saliva.

El hombre se fue después de estar charlando un buen rato y Mocho vino a la mesa con sardinas, patatas y dos cervezas más.

No tenía hambre. La ansiedad de no saber ni dónde íbamos a dormir esa noche me iba a matar. Decididamente no estaba hecho para aquello.

—Nos invitan a cenar —me dijo—. Todo esto está ya pagado.

—¿Por?

—Pues porque existen los buenos samaritanos, las hadas madrinas y los ángeles de la guarda —me respondió sin mirarme, mientras lo devoraba todo él solo.

—Va, explícame de qué va esto. Nadie invita así como así a dos tipos como nosotros.

—Te lo digo en cuanto cenemos que tengo un hambre terrible.

Y me dejó en ascuas un tiempo que a mí se me antojó interminable.

Mocho era así, espontáneo, hacía lo que quería, sobre todo si se trataba de llevarme a mis límites.

—Eres un dramático —me dijo mientras caminábamos hacia un hostal—. Ni has cenado del susto que llevas ni dormirás tampoco, te conozco. No es nada relacionado con drogas ni nada por el estilo.

—¿Y de qué se trata entonces? —le pregunté—. ¿Qué se hace para que de repente un tipo como ese nos pague la estancia y la vuelta a España? No quiero ni pensarlo…

Mocho se echó a reír.

—No solo nos da un dinero para estar por aquí hasta que nos vayamos y nos paga los billetes. Si todo sale bien nos da mil euros a cada uno a la llegada, por el favor que les hacemos.

—Pero, ¿qué favor? Si no me dices algo me largo ya mismo. No quiero tener nada que ver con tus trapicheos.

Y Mocho se puso serio.

—¿Ves? Ese es tu problema, le das tantas vueltas a las cosas que eres incapaz de aceptar que la suerte existe y que hay gente por ahí que no es tan enrevesada como lo eres tú. Pues resulta que ese hombre lleva viviendo aquí muchísimos años, de expatriado, y se ofrece a ayudar cuando ve a alguien joven, que se crio en su misma tierra. Resulta que es un sentimental, también estudió en la politécnica, mira tú por dónde… y está podrido de dinero. Quiere que acompañemos a su suegro hasta España, eso es todo. Salimos en un par de días.

A mí aquello me sonaba muy raro.

—¿Su suegro?

—Sí, su suegro. No me digas que ahora es imposible que la gente tenga suegros… Está muy mayor, inválido o algo así, en silla de ruedas y le hace falta medicación.

Había gato encerrado, estaba seguro.

—¿Y por qué no contrata el servicio en la aerolínea? —pregunté.

—Pues porque, según él, ese servicio es muy impersonal, que se lo acaban pasando los unos a los otros como si fuera un bulto y él aprecia mucho a su suegro. Quiere que le hagamos compañía, que le demos conversación… viajando con el pobre hombre en primera.

Yo lo miraba incrédulo.

—¡Qué le he caído en gracia! —dijo Mocho—. ¡Qué así funciona la Ley del Universo! Qué estamos de suerte, en el momento preciso… Y decías que nos equivocábamos viniendo… pues anda que no son guapas las locales de aquí…

—¿Y lo de los mil euros?

Mocho se llevó las manos a la cabeza.

—Pues un regalo… no sé… ¿Le digo que no los quieres? Ve y pregunta a cualquiera si quiere ganarse mil euros en un día…

—Mocho, que no son mil euros, que los billetes en primera son muy caros, que le sale la broma por…

—¿Le vas a decir tú por lo que le sale la broma? ¡Claro que lo sabrá, con céntimos y todo! Está podrido de dinero, es marchante de joyas o algo así, ya ves, de ingeniero que comenzó a joyero, menudas vueltas da la vida.

—¿Y cómo puedes estar tan seguro de que no hay drogas de por medio?

—Pues porque vamos con su suegro… No creo que metiera a su suegro en algo así y, además, llevaremos documentación con permisos y todo para sacar al hombre del país, como cuidadores profesionales. Si intenta algo con nosotros, caerá con todo el equipo.

Pues menuda ilusión, compartir sentencia de muerte con el descamisado de la americana, no podría ser peor.

—No te marees más… se trata de viajar en primera, hincharnos a copas y tirar de una silla de ruedas… ¡Nada más! No imagino el día que te pidan desactivar una bomba… la que vas a armar…

Le di bastantes vueltas al asunto. Me costaba creer que alguien, simplemente por la cara bonita de Mocho, se gastara tanto dinero en nosotros, por el morro, pero después recordaba que yo hice justo lo mismo por él. Se había pulido literalmente todo mi dinero, hasta el de emergencia. Me había dejado sin nada, así que tal vez Mocho era una especie de imán para los nostálgicos que andábamos por la vida escépticos de todo. Esas cosas no pasaban de donde yo venía.

Y Mocho me lo había repetido hasta la saciedad: la gente con dinero es así, hace cosas excéntricas, se puede permitir el lujo de repartir como le viniera en gana, y no podíamos más que considerarnos afortunados, porque de no ser nosotros, hubieran sido otros, de eso podía estar seguro.

Éramos afortunados porque éramos buenas personas.

Esa era su filosofía.

Dos días después nos encontramos en la casa de aquel tipo, bien vestidos, como nos había dicho, para darle buena impresión a su mujer cuando le entregáramos el anciano en España.

Yo estaba más que nervioso y creo que Mocho también lo estaba, fue una impresión. Estaba más callado que de costumbre, se sentaba erguido y mantenía la frente alta, como si de una postura aprendida se tratara, nada que ver con el Mocho incapaz de estarse quieto y desarreglado de unos día atrás.

La casa era una auténtica mansión, con servicio y todo, y cuando llegamos, nos sirvieron agua fría con limón y nos tuvieron esperando en un comedor grande, con piano, escalinata de mármol y ventanales que daban a la piscina.

Diez minutos después de ver a Mocho comportarse como un auténtico caballero, bajó el señor de la americana abierta con dos tipos más y un anciano dormitando en silla de ruedas. Llevaba una camiseta de lino y tenía dos rodales de sudor en las axilas, supongo que, por mucho dinero que se tenga, el estilo no se puede comprar.

Nos saludamos con enérgicos apretones de manos y el tratante de joyas, que más parecía el capo de una mafia, dio a Mocho unos golpecitos en la espalda.

—Céntrate chaval, llega a España y termina los estudios, ya sabes, lo que hablamos… que la vida pasa deprisa y hay que aprovechar las oportunidades cuando se presentan…

—Claro, claro… si me quedan seis asignaturas… poco más —respondió Mocho intentando desviar el tema de conversación—. ¿Es este el Sr. Matías? ¿Cómo está usted?

Yo también lo saludé pero no obtuve respuesta.

—Está algo sedado —nos dijo su yerno—. No le gusta demasiado volar, se pone algo tenso, mejor así. ¿Recuerdas todo lo que hablamos?

Y Mocho asintió enérgicamente.

—Este es el maletín de medicinas —dijo tendiéndonos una bolsa de viaje de cuero que Mocho se colgó en el hombro—, nada que facturar y aquí los billetes y los permisos médicos. No os harán muchas preguntas, nos conocen. Arco de seguridad de la izquierda y una vez en España ventanilla para pasaportes número siete.

Nos tendió una cartera de cartón duro y todo aquello debía ir dentro, no nos paramos a mirar.

—Mi mujer estará esperándoos en llegadas y ella se encargará del abuelo. No le perdáis de vista ni un minuto y si se despierta le dais conversación, lo que os diga, es el jefe. Como oiga una queja acerca de vosotros, sé dónde encontraros.

Y nos quedamos tan parados que el yerno soltó una carcajada y nos indicó que siguiéramos a sus hombres, hacia la furgoneta negra con lunas tintadas que nos esperaba fuera.

—Hablamos en destino —nos dijo cuando ya nos poníamos en marcha.

Pasamos todo el viaje hasta el aeropuerto sin decir palabra. Aquellos dos tipos que nos acompañaban parecían guardaespaldas, o matones o algo así, y sin el jefe delante, no se esforzaron siquiera en sonreírnos o darnos conversación. ¿El que mejor iba?, el anciano, que roncaba con la boca abierta, porque yo empezaba a estar de los nervios. Mi sexto sentido, y todos los demás, a decir verdad, me decían que algo no andaba bien.

Mientras facturábamos lo nuestro, me vi con fuerzas para preguntar a Mocho.

—¿Ha dicho que nos veríamos en destino?

—¿Quién?

—El yerno.

Mocho quedó callado.

—Cuando nos íbamos —le aclaré—. Ya en la furgoneta, nos ha dicho algo así como que nos vería en destino.

—Que hablaríamos —me aclaró Mocho—, vamos, creo…

—¿Y cómo vamos a vernos o a hablar? —le interrumpí—. ¿Qué pasa aquí? ¿Por qué no se lleva al abuelo con él? ¿Por qué nos lo endiña a nosotros?

Mocho me miraba perplejo mientras la operadora le cogía el pasaporte de la mano. Ya estaba hecho, estábamos dentro, habíamos aceptado el trabajo, y la cara de Mocho no era la del hombre afortunado al que le reía la felicidad.

—No me líes —me dijo—. Ha dicho que hablaríamos y ya está. Por teléfono seguramente… su mujer, supongo…

—Pero no estás seguro —le dije.

Y, en ese momento, uno de los dos hombres nos tendió al Sr. Matías.

—Vuestro —nos dijo— y cuidado con lo que hacéis.

Tragamos saliva y Mocho se agarró a la silla asintiendo.

Ya no había marcha atrás.

Nos dirigimos a las entradas de seguridad con el corazón que, al menos a mí, se me iba a salir en cualquier momento, sopesando aún cuales eran los pros y los contras, las opciones que teníamos y si aún era posible salir de aquello.

—¿Qué haces? —pregunté a Mocho cuando se colocó en la cola de la izquierda—, en la central no hay nadie.

—El yerno nos ha dicho que por la izquierda. Lo conocen y no nos harán sacar toda la documentación.

Y nos miramos a los ojos y, por primera vez, vi que Mocho se parecía más a mí en aquel momento que yo a él en cualquier otro. Estaba intranquilo y eso me dio esperanzas. Al menos no era tan inconsciente como pensaba y podía intuir cuando algo no marchaba bien.

Aquello no tenía ningún sentido y cientos de ideas, a cada cuál más inquietante, se agolpaban en mi cabeza implorando ser tomadas en consideración. ¿Por qué pasar por un arco y no otro? ¿Por qué se estaban gastando todo aquel dinero en nosotros solo para llevar a un viejo que parecía un vegetal?

Agarré a Mocho del brazo tan repentinamente que la silla se detuvo en seco y el ocupante lanzó un gruñido. Nos tocaba pasar a nosotros.

—Ahora no —dijo Mocho tajante.

Y simplemente lo solté y lo dejé andar. Debí detenerlo, debí haber seguido mi intuición, la que me decía que aquel era el punto de no retorno, que a partir de aquel momento nos convertiríamos en criminales. Debí hacerme caso porque raramente me equivoco.

La silla y Mocho pasaron por debajo del arco y yo, como si no tuviera otra opción, pasé después.

No emitimos ningún pitido, nada, y era la primera vez en mi vida que aquello ocurría. Ni siquiera la silla, ni los radios de las ruedas, ni el manillar.

Habíamos pasado.

No nos abrieron el maletín con la medicación ni preguntaron si los líquidos que contenían estaban perfectamente aislados en bolsitas y no excedían los cien mililitros. Nadie nos obstaculizaba la marcha ni intentaba detenernos y Mocho y yo nos agarramos al anciano y continuamos.

Según todas las leyes habíamos salido de Malasia, y sin ningún contratiempo.

—¿Qué está pasando Mocho? —le pregunté mientras nos lavábamos la cara en el baño más cercano, con el Sr. Matías roncando a nuestro lado.

—No pasa nada —me dijo—. Pasa que me estás metiendo en tus rollos paranoicos y lo que tiene que ser el viaje de nuestras vidas se está convirtiendo en tu cara clavada en la mía, como si hubiéramos matado a alguien. Me pones de los nervios. Iremos a la sala de estar de la aerolínea, allí nos vamos a relajar, tranquilizarnos y nos tomaremos algo a la salud del Sr. Matías que se está portando muy bien.

—No me vengas con tonterías Mocho —le dije agarrándolo del brazo de nuevo, conscientemente fuerte esta vez—, que en este país las drogas cuestan la pena de muerte.

—No digas esa palabra —dijo Mocho acercándose alarmado a mi oído—, podría haber cámaras.

—Pues si no me explicas qué es lo que estamos haciendo aquí realmente… la grito… te lo juro.

Y me debió de creer, no le quedaba otra. Tampoco nos conocíamos tanto como para saber cuando me tiraba o no un farol, ni yo mismo me conocía en aquel momento, y Mocho se volvió a inclinar sobre el lavabo y se enjuagó la cara de nuevo.

—El yerno es un tipo con mucha pasta, marchante de joyas… pero es que está tan podrido de dinero y, además, con guardaespaldas… que nadie pondría las manos en el fuego.

Iba a interrumpirle pero me hizo una señal para que le dejara continuar.

—Pero no llevamos eso, ya sabes… no te preocupes, eso me lo han garantizado, se lo pregunté expresamente, te lo prometo…

—¿Y qué llevamos Mocho? ¿Qué llevamos?

—¡Llevamos al anciano, eso es lo que llevamos!

—¿Y por el anciano no hemos pitado en el arco de seguridad? Por un anciano que, míralo, no se entera de nada ¿Por qué no lo lleva la aerolínea? ¿Por qué nosotros? Te diré por qué, porque nosotros lo pasamos por el arco que nos dicen y hacemos lo que nos mandan ¿Nos confiarías tú a un viejo? ¿Lo harías si fueras un familiar? ¿Nos has visto?

Mocho se separó un paso de mí y me miró a los ojos. Estaba pensando, estaba preocupado.

—Esta ropa —me dijo— no pita… es buena y el titanio de la silla o yo qué sé…

—Eso mismo digo yo: ¿qué sabes tú?

—No nos va a pasar nada —me dijo como si se lo repitiera a sí mismo—, es un tipo importante. Lo que pasa es que a esa gente no le gusta hacer colas, les gusta que los cuiden, que los esperen en las ventanillas, que no les hagan perder el tiempo. Tienen dinero y con eso lo compran todo…

—Incluso a nosotros —le interrumpí.

—Llevamos al anciano a casa y listo —me respondió tajante—. No estamos haciendo nada malo.

No sabía si Mocho me decía realmente lo que pensaba o estaba intentando ocultarme algo, estaba confuso. Miré al anciano, como si pudiera darme una pista de lo que estaba pasando pero aquel hombre estaba completamente sedado.

—Necesito beber algo —dije finalmente dirigiéndome a la sala de estar.

Y Mocho me siguió con la silla de ruedas.

Nos tomamos las primeras copas allí, el licor más caro de la carta, pero aun así no lograba relajarme. El enfado inicial se iba convirtiendo en vergüenza. Miraba a Mocho y después me miraba a mí mismo, con el absurdo traje de lino, como si fuéramos mozos de alguien, como el propio servicio del yerno allá en Kuala Lumpur, y la vergüenza volvía a dar paso al enfado.

Aunque no acertaba a saber cómo exactamente, tenía la absoluta certeza de que nos estaban utilizando.

—Dame la documentación —ordené a Mocho—. Quiero verla.

Y Mocho dejó la copa en la pequeña mesa central y sacó la carterita de cartón. Me la tendió a toda prisa, como si de verdad pensara que saltaría sobre él si no me la daba antes.

—Sr. Roberto Cubillos —leí en voz alta—, marchante de joyas, que sepamos…

—Habla más bajo —me pidió Mocho.

—¿Qué hay que hacer en destino?

—Nada. La hija lo recogerá allí, pero habla más bajito.

—La hija… y el yerno —puntualicé yo—. Ya has oído lo que ha dicho antes, que nos veríamos en destino. Menudo jeta, delincuente.

Mocho acercó su silla a la mía, pensando que estando más cerca no tendría que hablar tan fuerte, pero a mí, después de la tercera copa, me daba igual todo. Éramos unos vendidos, unos inconscientes que no sabían ni dónde se habían metido.

—Te equivocas —me decía Mocho.

El anciano seguía sin hablar, con los ojos entrecerrados y la mirada perdida en algún lado, lejos de nosotros y me acerqué a él, cerca de su oído.

—Sr. Matías, ¿qué lleva usted escondido? Porque usted lleva algo escondido, eso lo sé yo, y nosotros somos sus compinches, los que nos la acabaremos cargando si algo sucede… Porque en su condición usted no pisa cárcel, pero nosotros nos la tragaríamos toda y, encima, aquí.

—No seas loco —me dijo Mocho agarrándome del brazo— y no bebas más. Estás haciendo que todo el mundo nos mire.

—¡Quiero saber por cuánto me la estoy jugando!

Incluso yo me sorprendí del volumen en el que salieron mis palabras y, cuando eché un vistazo a mi alrededor, los ocupantes de los sofás contiguos miraban en nuestra dirección.

Debía tranquilizarme, y me pedí otra copa.

Subimos al avión los primeros y en primera, un acontecimiento sin precedentes. Yo empujaba la silla y Mocho a mi lado no me perdía de vista, lo recuerdo, por si se me ocurría ponerme a chillar algo más, pero yo tampoco era tan estúpido como parecía a simple vista.

Más de diez mil kilómetros nos separaban de destino, unas trece horas más o menos, y cuando caí en mi asiento la cabeza comenzó a darme vueltas. No sabía cuántas me había bebido pero, aun así, mi garganta seguía seca, incluso escocía, y no dije no cuando me ofrecieron la primera copa de cava.

Estábamos sentados en primera fila, amplios, como señores, con la ridícula ropa que habíamos comprado para la ocasión, para causar buena impresión si nos cazaban o lo que fuera. El bueno del Sr. Matías nos miraba de cara, anclado en su silla de ruedas y bufando como un bendito.

—Míralo Mocho, sigue drogado. Nuestro cometido de buenos samaritanos no tiene sentido alguno. Nos han tomado el pelo, nos están utilizando.

Oí a Mocho tragar saliva y coger una segunda copa de cava.

—A mí me da igual —me dijo— así que no me agobies. Yo estoy bien así, utilizado… y con dinero para pagarme los estudios cuando llegue a España.

No hablamos más. Dos horas después de despegar, me levanté del asiento y me dirigí al lavabo, llevando el maletín de medicamentos del viejo conmigo.

—¿Qué haces? —me preguntó Mocho mientras sujetaba la puerta y se metía en el baño conmigo.

—Vete al asiento, Mocho, que no podemos llamar la atención.

—Pero ¿qué haces?

—Busco las joyas.

—¿Qué joyas?

—Las que le estamos pasando de contrabando a Roberto el Mafioso, por las que nos estamos jugando el tipo, las joyas.

Mocho me miró sorprendido, pero, en cuanto abrí el maletín, los dos asomamos la cabeza.

Primero introduje yo el brazo y saqué el primer bote de pastillas; otro de cristal, un jarabe esta vez; algún tipo de suero; jeringuillas, y se nos iba acumulando todo dentro del minúsculo lavabo del avión.

—¿Y por qué joyas? —se atrevió a preguntar Mocho.

—Pues porque es marchante de joyas, seguro que hay un mercado negro —le respondí yo como si de verdad supiera a lo que me refería.

—Este hombre se toma de todo —decía Mocho estudiando los frascos—. ¡Mira esto! Dijo cogiendo un frasco y metiéndoselo en el bolsillo.

—¿Qué haces? —le pregunté.

—Es morfina, me la quedo. Normal que el abuelo aún no haya podido abrir un ojo, aquí tiene de todo.

Yo contemplaba los frascos al trasluz.

—¿Qué haces? —me preguntó.

—No sé, ver si lleva las joyas machacadas o algo así, en el líquido, podría ser… diamantes o circonitas… cualquier cosa brillante.

—¿Criptonita? ¿No es eso lo de Superman?

Y los dos nos echamos a reír. Ahí me di cuenta, por segunda vez, de lo bebido que iba y, al darme cuenta, comencé a preocuparme y tener mucho calor. Necesitaba estar atento, tener mis sentidos alerta, no podía estar borracho en un momento tan trascendental como aquel, en el que me estaba jugando tanto; así que me acerqué al lavabo y abrí el grifo, necesitaba mojarme la cara, pero el agua salió con tal presión que literalmente empujó los frascos del lavabo y algunos estallaron en el suelo.

—¡Ey! —chilló Mocho.

Me estaba empezando a encontrar fatal, notaba como el control se me escapaba y cuando intentamos Mocho y yo agacharnos al mismo tiempo a arreglar aquello y nos dimos un tremendo golpe en la cabeza, el uno contra el otro, no pudimos evitar estallar en una carcajada de nuevo.

Aquello iba de mal en peor.

—¿Qué te guardas en el bolsillo? Para ya —le dije mientras intentaba contener la risa.

—Xanax —me dijo—, el mejor relajante del mundo.

Aquella nueva faceta de Mocho farmacéutico era toda nueva para mí.

Mientras yo tiraba trozos de vidrio y pastillas por el retrete, Mocho agarró de nuevo el bolso de piel y lo giró del revés.

—¿Qué haces ahora? —le pregunté.

Y se encogió de hombros.

—Sigo tu consejo. Busco dobles fondos o algo así, un lugar donde esconder esmeraldas o criptonita.

Mocho se echó a reír ante su ocurrencia, pero a mí no me hizo ni pizca de gracia, buena señal, estaba volviéndome la cordura.

Inspeccionamos el maletín a conciencia, cada junta, cada posible cavidad, pero no había nada de nada y cuando más ocupados estábamos en eso, alguien llamó a la puerta.

—Soy la azafata, ¿va todo bien? ¿Podrían salir? No está permitido el uso conjunto de los baños en el avión.

Era una voz femenina, que parecía que nos pedía disculpas en lugar de recriminarnos, pero aun así, Mocho y yo nos quedamos paralizados durante unos segundos. Después de eso comenzamos de nuevo a guardar los pocos frascos que quedaban intactos y deshacernos de los demás.

Aquel fue otro momento de realización. Me di cuenta de que no éramos tan afortunados como pensábamos. La suerte, no existía.

Salimos de allí unos minutos después y nos sentamos de nuevo. Al principio intenté pensar en una disculpa, una excusa que explicara por qué salíamos los dos del baño con la camisa mojada y un maletín con nosotros, pero después recordé que nadie preguntaría, estábamos en primera, estábamos por encima de las normas, así que, pedí un café y cerré los ojos.

Mocho pidió un coctel pero anulé su orden y le pedí otro café. Había que comenzar a recobrar el control y lo primero era deshacernos de aquella borrachera.

Y con los ojos cerrados, incluso antes de que nos trajeran el café, tuve una revelación.

—Mocho —dije mirándolo fijamente—, están en la silla.

Mocho me miraba incrédulo.

—¿En la silla dónde? —me preguntó.

Miramos a la silla y al anciano que no había abierto un ojo en todo el tiempo.

—Tal vez en la estructura, te apuesto a que está hueca— le dije.

—O en el asiento, bajo el cojinete, ¿lo ves? —me dijo él.

Era posible.

La presión, la incertidumbre, la espera… Cuatro horas después, allí sentados, nos pedimos la primera copa. Perdí la cuenta después de la cuarta.

Sabía de memoria las facciones de aquel hombre, los movimientos leves de su barbilla y sus fosas nasales al respirar, la silueta de sus dedos sobre las rodillas de los pantalones… lo tenía el anciano en la silla, claro ¿Qué mejor escondite?

Aquello por lo que nos estábamos jugando la vida estaba en la silla, y necesitaba saber qué era.

Dos horas y veinte minutos antes de aterrizar el anciano abrió los ojos y comenzó a preguntarnos quiénes éramos y dónde estábamos, y le contestamos como pudimos. No habíamos pegado ojo y teníamos los músculos entumecidos de estar alerta y observar.

—Nos ha contratado su yerno para llevarlo a casa —dijo Mocho recuperando sus dotes sociales—. Tenemos un permiso.

Y Mocho extendió el documento al anciano, que intentó cogerlo, mantenerlo firme, pero le fue imposible.

Mocho se sacó una pastilla del bolsillo del pantalón y se la tendió al anciano.

—Relájese hombre.

Y el Sr. Matías la tomó sin rechistar.

—Mi yerno es el mayor sinvergüenza y delincuente del mundo —nos dijo al fin—. No tiene decencia. Es un guarro.

Y Mocho y yo nos miramos.

Desembarcamos los primeros y seguimos las señales hacia la salida, pero nos metimos en el primer baño que vimos fuera del avión.

Como si fuéramos un equipo perfectamente sincronizado, Mocho atrancó la puerta para que nadie más pudiera entrar y me miró desafiante.

Era la hora de registrar la silla.

—Sr. Matías, su yerno es contrabandista, ¿verdad? —pregunté al anciano.

Y él nos miró con cara entre asustada y sorprendida.

—¿Qué hacéis? —nos preguntó.

Y Mocho y yo lo cogimos por las axilas y lo sentamos en un retrete cercano.

Aún hoy no entiendo que pasaba por nuestra mente para actuar así, para estar tan obsesionados en encontrar lo que fuera que nos diera la razón. Ni siquiera pensábamos quedarnos con nada, solo necesitábamos la confirmación, después de la tensión, las horas de espera y la vigilia, de que estábamos traficando con algo, solo eso. Después lo pondríamos todo en su sitio, no queríamos líos.

Así pensábamos después de las copas, de las muchas que nos tomamos.

Había que desmontar la silla, así que le dimos la vuelta, intentamos quitar el sellado de los tubos de la estructura, pero nada. Desmontamos el asiento, eso sí que lo pudimos hacer, y lo desarmamos entero.

—Nada —dijo Mocho.

Yo estaba sudado, mareado y me apartaba el pelo de la cara.

—¿Qué hacéis con mi silla? —preguntaba el anciano—. Sacadme de aquí.

Y a mí se me ocurrió otra genial idea, de repente.

—La tiene el viejo —dije en voz alta.

Y sin pensarlo dos veces nos dirigimos hacia él y le registramos bolsillos de la chaqueta, camisa y pantalón. Le quitamos los zapatos y miramos dentro de los calcetines, nada.

El Sr. Matías se quejaba a conciencia.

—En su cuerpo —dijo Mocho.

Y yo lo miré.

—Por eso estaba tan sedado el tío, esos mafiosos se lo han metido al pobre hombre en el culo.

Y los dos miramos al Sr. Matías.

El anciano se reveló con todas sus fuerzas, que no eran muchas, y Mocho se buscó en el pantalón y le metió tres pastillas en la boca de una sola vez, por las buenas. Después le bajamos un poco el pantalón, lo justo y necesario.

Nada.

Mocho y yo nos miramos.

No había nada.

De repente llamaron a la puerta, y no se trataba de una voz suplicante esta vez, sino un grupo de voces firmes que nos ordenaron que abriéramos la puerta o la echarían abajo. Mocho y yo nos apresuramos a montar el asiento de la silla, vestir al Sr. Matías y sentarlo, pero aquel baño era angosto y estábamos nerviosos y sudados, así que se nos escurrió. Fue en menos de un segundo, sin que pudiéramos evitarlo, pero cuando escuchamos su cabeza golpear contra la cerámica del retrete, nos temimos lo peor.

Echaron la puerta abajo y nos pillaron así, con la silla tumbada e intentando incorporar al anciano, y no intentamos ni siquiera explicarnos. Nos tiramos al suelo y pusimos las manos en la nuca, como en las películas.

—Este hombre está muerto.

Y cuando lo escuché apoyé por completo la cara en el suelo húmedo, sabiendo que allí acababa todo. No abrí los ojos en ningún momento pero oí cómo levantaban el cuerpo y se lo llevaban, los pasos, los flashes de las cámaras, e imaginé al pobre anciano pálido, como cuando dormía pero más pálido aún, con el pantalón a medio subir.

Nos leyeron nuestros derechos, nos esposaron y nos ayudaron a incorporarnos. Abrí los ojos cuando estuve de pie. Allí había concentradas más de treinta personas.

Mocho lloraba.

Cuando salíamos del aeropuerto vimos como un grupo de guardias civiles hablaba con una mujer y la pobre se les derrumbaba de pena.

Tendría cincuenta y pocos y había ido al aeropuerto a recoger a su padre.

9 NUWARA ELIYA - SRI LANKA

Ya solo nos quedaban un par de casas más que visitar y podríamos disfrutar del resto del día para nosotros.

Hacía un sol espléndido que se colaba por entre las hojas de palma y los plataneros de los bordes del camino aterrizando agresivamente sobre las ventanillas del *jeep*, obligándonos a protegernos los ojos cuando nos alcanzaba entre sombra y sombra.

A veces prefería dejarme deslumbrar y usaba ambas manos para sujetar firmemente el volante, y eso no evitaba que diéramos algún que otro salto, hundiéndonos en los badenes y saltando en las rocas que sobresalían. Shan iba a mi lado, saltando y hundiéndose también.

—Más despacio —me decía.

—A la derecha —repetía—, si es que parece que lo haces a propósito.

¿Y qué hacía yo allí en medio de la selva conduciendo un *jeep*? Pues la verdad es que todo vino rodado, una cosa llevó a la otra. Conocí a la mujer en el vuelo de llegada y simplemente conversamos durante las tres horas de viaje, sin parar. Me habló de la ONG, de cómo estaban colaborando con el gobierno para hacer un informe acerca de las condiciones nutricionales en las zonas de plantaciones del famoso té de Ceylan, donde las mujeres son las que recolectan las hojas una a una, y todo acabó conmigo apasionada ofreciéndome a ayudar en cualquier cosa.

No lo dije por decir, su cometido me parecía muy interesante, y siempre quise estrenarme como ingeniera química colaborando con algún tipo de causa como aquella.

Y allí estaba. A cambio de alojamiento tenía la oportunidad de recorrer la isla, en *jeep*; acceder a zonas recónditas, rurales, y con trabajo. Mi cometido era hacer una encuesta acerca de cómo se alimentaban las mujeres y sus bebés.

No iba sola, Shan iba conmigo. Era un esrilanqués amable, el verdadero activista, y me servía de intérprete. Él me traducía las respuestas y yo las interpretaba en aquellos gráficos, nada más.

Cuando se lo conté a mi madre no se lo podía creer. Al final aquel viaje que, según ella, no serviría para nada más que para posponer mi entrada en el mundo laboral, iba a adentrarme en él.

Yo estaba pletórica. Adoraba el té blanco de aquella zona, era el mejor del mundo, único.

Shan me indicaba la dirección a seguir, agarrado con una mano al cristal del parabrisas y con la otra a la manecilla de la puerta, sin dejar de repetirme que no me dejaría conducir el *jeep* nunca más, que no fuera tan deprisa, que iba a acabar con las suspensiones y nos quedaríamos allí para siempre, rodeados de murciélagos gigantes de la fruta, cobras y leopardos.

Y lo decía con toda la intención del mundo. Sabía lo mucho que me asustaba la selva, la ansiedad que me producía sentir que no era más que un punto ínfimo en el centro de aquella jungla enorme.

A pesar de lo budista, lo amable y lo paciente que era, a veces tenía muy mal genio, sobre todo cuando acababa conduciendo yo.

—¿Falta mucho? —le pregunté.

—Como sigas conduciendo así, te digo que no llegamos en el *jeep*.

—No exageres Shan, estos coches son auténticos tanques —le dije—. Hace un sol radiante, el aire es puro, la…

—Esta tarde habrá tormenta —me respondió tajante—, y este tanque tiene más de veinte años, así que cuidado.

Me centré en el camino.

Cuando llegáramos a la próxima casa, volvería a ser el chico feliz de siempre.

Nos adentramos en un camino mucho más estrecho, con las hojas que se pegaban al lateral del vehículo y las cañas altas que chirriaban a nuestro paso, y me detuve en un claro que se abrió al frente, a unos treinta metros de la casa.

Era bonita, de bloques, pintada de blanco casi toda ella menos en la zona de los pilares principales. El tejado acababa en pico y era marrón, de hojas secas y troncos, y estaba rodeada de flores grandes y abiertas, más altas que yo incluso, y, a diferencia de lo que venía siendo habitual, el sonido de nuestra llegada no alertó a nadie. No hubo recibimiento curioso ni caras pegadas a los cristales aun antes de que hubiéramos tenido tiempo de bajar del *jeep*.

Aquello parecía desierto.

Shan se adelantó unos pasos y yo me estiré sobre el asiento para cerrar su puerta por dentro. Después salí y cerré la mía.

—Shan, te has vuelto a dejar la puerta abierta, ¿y si se nos cuela algo?

—Si se nos cuela algo será por la parte del motor, no te preocupes. El único algo que entra y sale por la puerta eres tú.

—Muy gracioso.

Se adelantó hacia la casa mientras yo preparaba los formularios y comenzaba a completar los campos de hora, fecha y ubicación.

Cuando levanté la cabeza, Shan hablaba con alguien. Era una chica de unos quince años y nos miraba entre tímida y nerviosa.

—Sus padres están en la casa —dijo Shan volviéndose hacia mí—. Vive con ellos, su hermana mayor y dos hermanos más pequeños y, mira por dónde tienes suerte, son de la noble casta de los profesores, de inglés nada más y nada menos, así que vas a poder preguntar tú directamente.

Shan sonaba fastidiado, no conmigo, sino con el sistema de castas en general.

Asentí y esperamos allí parados mientras la chica entraba en casa y llamaba a sus padres.

Los esrilanqueses eran personas extremadamente sociables y nos resultó extraño que no nos hubiera invitado a seguirla adentro, pero bueno, tampoco me importó esperar.

La casa tenía una amplia zona abierta en la parte delantera en la que se veía una cocina de leña, encendida. Una olla emanaba un agradable aroma a té y había flores cortadas junto a las paredes y las ventanas. Olía francamente bien.

Un hombre y la que debía ser su esposa salieron a nuestro encuentro.

El hombre altivo, con la barbilla levantada y un cuerpo enorme; la mujer detrás, con aspecto cansado y nervioso, diría que incluso triste.

Shan me miró de reojo. Algo no le daba buena espina, aunque a mí todo me pareciera de lo más normal.

Nos presentamos en cuanto llegaron a nuestra altura: nombres, credenciales y proyecto para el que trabajábamos con las referencias al gobierno y el organismo con el que colaborábamos.

—Las preguntas son rutinarias y no les robarán mucho de su tiempo. Necesitaría hablar con su mujer —dije.

—Yo puedo responder perfectamente a las preguntas que tenga que hacerle—contestó el hombre en un inglés perfecto.

—Le agradezco el ofrecimiento, pero lo siento Sr. Bandara —le respondí—. Este estudio está destinado a mujeres, que son las que se encargan de la alimentación de la familia. Para que podamos utilizar los datos debe ser ella la que las conteste.

Shan me miró sonriendo, orgulloso, y el Sr. Bandara no dijo nada más.

Allí mismo, parados frente a la casa, comenzamos con las preguntas a su angustiada mujer.

No eran muy complicadas: tipo de dieta; número de comidas diarias; procedencia del agua de consumo; formas de cocinar; comida de los infantes, de haberlos… nada del otro mundo, pero a aquella mujer le costó sudor y esfuerzo dar cada respuesta y no dejaba de observar a su marido, expectante ante cualquier tipo de reacción por su parte.

Shan, el activista vocacional, el héroe anónimo, el trabajador social más dedicado, tenía activado su sexto sentido y algo no le cuadraba, lo sabía. Llevábamos juntos un mes recorriendo la isla y podía presumir de conocerlo bien. En efecto, cuando las preguntas terminaron se disculpó ante los señores de la casa y me apartó un minuto, donde no pudieran escucharnos.

—Algo no va bien —dijo—. La mujer está atemorizada y solo hemos visto a tres de los cuatro hijos. Los niños no se han movido de la entrada de la casa. Tenemos que ver qué sucede. Nos quedamos.

Y yo asentí mientras miraba disimuladamente al matrimonio, que nos devolvía la mirada impasible, a unos metros de distancia, tan parados que parecían de piedra. Por detrás de ellos, en el cielo, comenzaban a aparecer unas nubes largas y negras, de tormenta.

—Sr. Bandara —dijo Shan avanzando hacia ellos—, ¿le importaría que nos quedáramos con ustedes un poco más?

Y tuve entonces un mal presentimiento.

Nos invitaron a comer y solo cuando la comida estuvo preparada y servida en la mesa, pudimos entrar en la casa y conocer a los niños. Los pequeños tendrían unos doce y ocho años. La hija más mayor, a la que no vimos en ningún momento, estaba indispuesta.

Estábamos en una sala central que daba a lo que parecían ser tres habitaciones, pero, en lugar de puertas, había cortinas para separar cada una de ellas. Los paños se mecían suavemente por el viento de la tormenta que se estaba comenzando a formar afuera, y que se colaba por los recovecos entre la pared de bloques y la puerta principal. Había más flores en el suelo y en el quicio de la única ventana, cortadas y abiertas, y, aun así, el aire parecía viciado allí dentro.

Me senté a la mesa junto a Shan, el hombre presidiéndola a mi izquierda y la hija mediana frente a mí. A su lado su madre y los dos niños.

Cuando sirvieron las primeras verduras comenzó a llover y el cielo y las palmeras se oscurecieron.

Tuve entonces una sensación intranquila, me sentía cautiva en el centro de aquella familia que estaba en el medio de la propia selva.

Sentía como si todos los ojos de todas las bestias que habitaban el mundo estuvieran clavados en mí.

Agradecí con todo mi ser tener a Shan a mi lado, pero también parecía estar alejado de mí, inaccesible. A diferencia del resto de ocasiones, no podía dirigirme a él, preguntarle algo sin que los demás me entendieran. Incluso los niños sabrían de qué estábamos hablando, así que, aunque podía rozar su codo de manera involuntaria mientras alargaba mi brazo para servirme algo de la mesa, estábamos separados por todo lo demás.

De repente, dejé de ser la ingeniera química experta y volví a convertirme de nuevo en la mochilera, la viajera, y mi presencia perdió todo el sentido.

Shan, el trabajador social, trabajaba mientras comía, observaba.

Yo ni siquiera entendía qué hacíamos allí.

Todo estaba demasiado silencioso. Cuando Shan formulaba una pregunta que le ayudara a hacerse una idea acerca del estado de ánimo general, recibía como respuesta monosílabos vagos o respuestas cortas pero estudiadas por parte del padre de familia, y se hacía de nuevo el silencio, denso y pesado.

De repente, escuchamos unos golpes secos y fuertes…

Plam… Plam… Plam.

Procedían del suelo y todos dimos un respingo. Las sillas y los cuencos encima de la mesa vibraron y yo instintivamente levanté los pies. La chica y los dos niños se apretaron contra su madre y se pusieron a llorar.

Shan se puso en pie de un salto.

—¿Qué ha sido eso? —preguntó con cara alarmada.

El hombre lo miró sereno y se puso en pie también, pero más lentamente. Arrastró la silla mientras se incorporaba.

—No lo sé —contestó.

—Sr. Bandara —insistió Shan—, quisiera que me enseñara su casa. Quiero ver a su hija mayor.

La mujer seguía abrazada a sus pequeños y temblaban, y yo noté como temblaba también. No tenía ni idea de lo que estaba sucediendo en aquella casa, pero la atmósfera era tan tétrica, tan melancólica, que incluso todas las flores de la ventana y el suelo no podían devolverle el color.

Shan siguió al marido hacia una de aquellas cortinas que separaba la estancia del resto de la casa y cuando me dispuse a seguirle, me detuvo con una señal.

¿Pretendía que me quedara allí sola?

Me senté de nuevo y respiré hondo para tranquilizarme. Shan era el experto, el que sabía cómo actuar en cualquier circunstancia, había, incluso, sobrevivido a la guerra, así que debía confiar en él.

Sabía lo que hacía.

Afuera los rayos y el viento azotaban los cristales de la única ventana que daba al exterior.

La tarde se había vuelto más oscura que la propia noche.

Cuando hubieron desaparecido, la mujer se incorporó con los hijos aún abrazados contra ella y se puso muy recta, el cuello erguido, las lágrimas que caían silenciosas por sus mejillas. Abrió los labios, sin mover nada más, rígida como estaba, y en un susurro me dijo mirándome fijamente:

—Ayúdanos.

Y a mí se me puso la piel de gallina.

—Escucha —continuó quieta—. Mi marido mató al amante de mi hija mayor, en la selva. Le machacó la cabeza con una piedra, todos lo vimos. Mi hija busca venganza. Está en el sótano y da golpes… todo el tiempo.

No supe que decir. Mi mente se iba nublando cada vez más y de repente… tres golpes más, contundentes, salvajes…

Plam… Plam… Plam…

Una de las copas en la mesa rodó hasta el suelo y se hizo añicos.

Los niños se abrazaron a la madre, más fuerte si cabía, y la mujer cerró los ojos.

—Hay que sacar a su hija del sótano. Hay que alertar a Shan, mi compañero… —dije susurrando yo también, nerviosa.

Shan estaba con un asesino y había una muchacha secuestrada en el sótano. Debía avisarle como sea.

—Mi hija primogénita —dijo la mujer tragando saliva a cada palabra, como si le costara la vida hablar—, Amanda... se suicidó hace ya dos semanas... tomó veneno.

Y de repente más golpes, igual de fuertes pero más seguidos, uno detrás de otro, al menos diez.

Plam... Plam... Plam... Plam... Plam... Plam... Plam... Plam... Plam... Plam...

Yo me levanté de la silla, desorientada, temiendo que la tierra se fuera a abrir bajo mis pies.

Me encontraba perdida. Nada de aquello podía estar sucediendo y solo sabía una cosa: debía avisar a Shan, era mi amigo, mi compañero y el único que podría sacarme de allí.

—Prométame que sacará a mis hijos de aquí —me decía la mujer desde su silla, inmóvil—. Mi marido y yo estamos condenados, pero ellos son inocentes...

—¿Shan? — grité de repente—. ¡Shan!

No obtuve respuesta. Solo más golpes y la mujer que me suplicaba calma, que me pedía por sus hijos, que me rogaba por favor que me sentara de nuevo en la silla, que me tranquilizara.

—Llevamos tantos días sin dormir —me decía—, por favor no alerte a mi marido... está tan enfadado, tan intranquilo... él era un buen hombre...

Tenía que decir a Shan lo que sabía.

Salí corriendo hacia la cortina por la que habían desaparecido momentos antes y llegué a un corredor estrecho que se abría después. Había una puerta allí enfrente, que daba a la selva, abierta de par en par, una cama y una cómoda.

En el suelo una trampilla, abierta también.

Me asomé y vi luz allá abajo. Había faroles y flores en cada lado de los peldaños. Me asomé un poco para ver si estaba allí. No quería por nada del mundo tener que salir afuera a buscarlo, en la selva. Debía estar allí.

Respiraba nerviosa, el corazón iba a salírseme del pecho en cualquier momento y temblaba tanto que casi no podía cogerme a la pared. Y no me daba miedo el fantasma que daba golpes, no creía en esas cosas, lo que me helaba el cuerpo, lo que me aterrorizaba el alma, era que Shan no estuviese, que le hubieran hecho algo. Temía quedar allí atrapada, en el corazón de aquella casa… en esa casa enredada en el corazón de la selva oscura. No podría salir nunca de allí sin Shan y moriría de terror. Había temido siempre que la selva me tragara en su inmensidad y me sentía desfallecer solo de pensarlo.

Shan…

Si le había hecho algo tendría que huir, sola, por la selva, y no era capaz, nunca lo lograría.

Necesitaba a Shan.

Faltaban tres escalones para llegar abajo cuando la vi allí tendida, a unos metros escasos del pie de la escalera, sobre una estera y rodeada de velas.

Los pies morenos y desnudos estaban pálidos y el olor se hacía insoportable, a pesar de las flores y el incienso, tan espeso que apenas se podía respirar.

Los brazos colocados rectos junto al cuerpo y los ojos entreabiertos, uno más que el otro.

Aquella chica estaba muerta y debía llevar tiempo allí. La mujer tenía razón.

De repente escuché un ruido arriba y me volví hacia la trampilla, vi a la madre que me miraba seria, con las lágrimas secas que le emborronaban la cara y los ojos clavados en mí.

Antes de que pudiera reaccionar cerró la puerta de la trampilla y me dejó allí dentro.

Sola.

Estaba aún más atrapada que antes. La situación no podía ser más crítica y no había ni rastro de Shan.

Plam… Plam… Plam…

De repente los golpes de nuevo, contundentes, que hacían que se tambaleara el sótano entero conmigo dentro, que los faroles se torcieran y las flores resbalaran de escalón a escalón. Cuando me volví de nuevo hacia el sótano y la estera, estaba vacía.

Respiré deprisa notando una opresión tal que el aire no me entraba en la garganta. Inmóvil como estaba busqué con mis pupilas a lo largo de la estancia, en los rincones, moviéndose rápidas, intentando localizar al cadáver.

A lo mejor no estaba muerta, a lo mejor solo se había sedado o envenenado pero sin llegar a matarse, a lo mejor llevaba allí encerrada dos semanas intentando escapar, hambrienta, a lo mejor…

Plam… Plam… Plam…

Aquellos golpes de nuevo, y cuando miré hacia el lugar del que procedían, al techo de aquella cueva, la vi allí, encaramada al techo como una araña, apoyada con los pies y las manos y con el pelo que le flotaba hacia abajo, roto, seco, podrido. Me miraba con la cabeza vuelta hacia abajo, girada ciento ochenta grados de lo que hubiera sido su posición habitual, y supe entonces que era un demonio.

Extendía uno de sus brazos y, con la mano abierta y amoratada, daba los golpes.

Plam… Plam… Plam…

La mano estaba deforme, rota de tanto golpear.

Cuando vio que la miraba comenzó a avanzar por el techo hacia mí, veloz, colgada, con la cabeza dada la vuelta y el pelo que ondeaba con el avance, sus ojos clavados en los míos.

Venía a por mí a la carrera y en apenas dos segundos la tuve a dos centímetros de mi cara, sus ojos, su nariz raída, pálida, muerta, la sonrisa rota y, de repente, la puerta de la trampilla detrás de mí se abrió de nuevo.

No lo pensé. Simplemente mi cuerpo actuó solo sin esperar a que acabara de decidirme. Subí los escalones de dos en dos, de tres en tres, lo más deprisa que pude, hasta que vi a Shan, era él. Y me abalancé sobre mi amigo. Me encaramé a su cuello y cuando estuve fuera cerró la trampilla con el pie.

La niña y sus dos hermanos estaban en un rincón, silenciosos y quietos. El hombre y la mujer en el suelo, tendidos.

—Se han envenenado —me contó Shan—. Al parecer ha habido un crimen familiar, una tragedia que…

—Lo sé —interrumpí a Shan— y allá abajo hay un demonio, un cadáver que se mueve, que da los golpes, que…

Shan intentaba que me tranquilizara y me abrazó fuerte…

—Estás nerviosa, es normal… El estrés, la tormenta, la selva no es lo tuyo… pero no pasa nada, ya ha terminado todo, nos vamos.

—¡Tenemos que salir de aquí en cuanto antes! —dije contundente.

—Ahora no es aconsejable —me dijo Shan—, la tormenta es muy intensa…

—Shan —le dije—, nos vamos. Tú conduces. Tenemos que llevarnos a los niños, ya.

Shan se volvió y miró a las tres atemorizadas criaturas.

La verdad es que no era muy buen lugar para esperar a que la tormenta escampara, con sus padres tendidos en el suelo frente a ellos.

—Nos vamos —les dijo alargándoles una mano.

Y todos nos abrazamos.

Salimos a la intemperie con una lluvia tan intensa que casi no veíamos a un metro de nuestras narices, pero aun así, empapados, me encontré en la gloria cuando subimos al *jeep*.

Shan nos sacaría de allí, sería cuestión de un instante y todo habría acabado.

Pensaba volver a casa, a la de verdad, con mi madre, a España, nunca había estado tan segura de nada en toda mi vida.

Me encontraba tan intranquila… las cosas que había visto… Me sentía como si nunca más hubiera un lugar en el que pudiera sentirme segura, como si estuviera dejándome el alma, como si aquello fuera un antes y un después de todo.

Teníamos que salir de allí.

No ocurrió como en las películas de terror, en las que el coche de repente no arranca. Aquel *jeep* viejo y con las suspensiones machacadas se puso en marcha a la primera y Shan dio media vuelta en el claro, resbalando en el barro que se había formado alrededor de las ruedas, y dando tumbos nos pusimos de espaldas a la casa.

Yo miré atrás a la niña y sus hermanos que se abrazaban y lloraban en el asiento trasero, acurrucados en un rincón, y más allá, por la ventanilla trasera, a la zona abierta de la casa y, al fondo, la puerta.

Había una figura que se erguía en el quicio, firme y con los pies desnudos.

No estaba segura de lo que veía, la lluvia era densa y no me dejaba ver. Por un momento pensé que se trataban de imaginaciones mías, pero volví a verla y esta vez no estaba parada junto al quicio de la puerta sino que corría detrás de nosotros hacia el *jeep*.

El cuerpo pálido, el pelo negro. Corría veloz, con los pies que abrían los charcos en el suelo y los brazos abiertos.

—¡Corre Shan, viene detrás! —chillé.

Y Shan volvió la cabeza por un momento y después me miró extraño. Intentaba esquivar los agujeros en el suelo, salir. Pronto estuvimos en el angosto camino, con las hojas de palma que chirriaban al rasgar la carrocería del vehículo.

Condujimos al menos una hora hasta llegar a la ciudad más cercana y, de allí, a la comisaría, con la lluvia que caía a raudales.

Shan se encargó de hablar con las autoridades y yo esperé en una sala con los hermanos, envueltos en una manta cada uno. La niña y los más pequeños miraban al suelo, a la espera de cuál sería su destino. Yo no apartaba los ojos de Shan.

Volvió al cabo de una media hora.

—¿Qué pasará con ellos ahora? —le pregunté.

Y se encogió de hombros.

—Van a avisar a unos familiares. Servicios sociales se encargará de todo y habrá una investigación. Imagina el drama que han vivido estas pobres criaturas… su hermana y sus padres….

—Sí, sí, lo sé —interrumpí.

No quería recordar nada de aquello. Me bastaba con saber que alguien se haría cargo de ellos.

—¿Y nosotros? —le pregunté.

—A mí me queda todavía un buen rato aquí, imagina… soy testigo… pero tú acabarás antes y podrás irte a descansar. He pedido que te acompañen, hay un hostal aquí al lado…

—Prefiero quedarme aquí, Shan, con la luz y todos estos policías alrededor… necesito esto, en serio.

El chico me miró. De nuevo era el budista paciente y compasivo, y asintió. Sería como yo quisiera que fuera.

Y allí sentada y envuelta en la manta, se me acabaron cerrando los ojos.

Me despertaron de repente unos golpes

Plam… Plam… Plam…

Fuertes, contundentes y familiares. Cuando abrí los ojos estaba en la puerta de aquella casa, parada en el quicio, viendo como Shan se alejaba con el coche, entre la lluvia, y grité para que no me dejara allí.

Intenté incluso correr tras el *jeep*, pedirles que me esperaran, bajo la tormenta que no me dejaba avanzar.

El coche era más rápido y se alejaba, adentrándose en la selva.

Shan se volvió un momento, me miró un instante pero siguió adelante, como si yo no estuviera allí. Otros ojos me miraban fijamente desde el asiento delantero, junto a él, con la sonrisa rota y la cara demasiado pálida.

Me dejaban en el centro de todos mis miedos y se alejaban llevándosela a ella… a ella en mi cuerpo.

10 CAYO COCO - CUBA

Ya cinco años de casados, el tiempo vuela.

Tenía a María a mi lado mientras facturábamos en el hotel y no podía dejar de mirarla. La verdad es que con ella no había término medio. A veces me parecían quince años en lugar de cinco y su presencia me pesaba y agobiaba, pero había otras ocasiones, como en aquel preciso instante, en las que parecía que no habían pasado ni dos meses desde el momento en el que me enamoré de ella.

Vale que yo no era un marido fácil. Tenía un trabajo demasiado asfixiante, con viajes, ausencias y responsabilidades, y agradecía que ella nunca se quejara. Ya me conoció así, desde el principio. Mis cambios de humor y mis horas de silencio. No era fácil, no, pero allí estábamos de nuevo, en el mismo resort del Caribe Cubano en el que pasamos nuestra luna de miel. Aunque yo no era muy bueno evocando recuerdos y se me entremezclaban en la cabeza los vestíbulos de hoteles de todo el mundo, la miraba y era como cinco años atrás, con las hojas de palma largas que filtraban los rayos de luz y la iluminaban, trayéndomela de vuelta.

Me sentía enamorado, orgulloso y satisfecho.

—¿Sabe que pasamos nuestra luna de miel en este mismo hotel, hace ya cinco años, en la misma villa? —dije al recepcionista.

Y el hombre fingió sorpresa.

—Mis más sinceras felicitaciones. Nos complace que hayan querido hacernos partícipes de nuevo de este importante momento y los esperamos en otros cinco años, señor.

Y María y yo nos sonreímos.

Mi esposa estaba radiante.

Me hubiera gustado haber sido capaz de recordar algún pequeño detalle de nuestra primera estancia, como el número de habitación en la que nos alojamos. A ella le encantaban esas cosas, la hacían sentir única, pero yo era imposible. María era la que se encargaba de almacenar momentos, por los dos.

Pensé que tal vez sí recordara el camino a nuestra villa, estaba convencido de que sería capaz de decirle al mozo que conducía el vehículo que girara la siguiente a la izquierda, o dos más a la derecha, por María, pero aquello me resultaba laberíntico.

—Creo que ahora giramos a la derecha, ¿no? —preguntó María.

Y el mozo asintió.

Ya decía yo que toda la magia la llevaba siempre ella.

Y cuando llegamos a la villa también tuve que permanecer callado, incapaz de reconocer qué cosas habían cambiado, si el salón estaba en la misma orientación, o las cortinas de la habitación eran diferentes, así que mejor no meter la pata.

Yo la miraba a ella, consciente de que mi esposa sí era capaz de reconocer cada detalle y estudiar lo que había de nuevo, y me sentía culpable, así que abracé y besé a la María de hacía unos años, la que me tenía loco.

—Ya no te parece tan mala idea, ¿no? —me dijo mientras caminábamos hacia el restaurante—. Te dije que te dejaras llevar…

Y yo le besé la mano que tenía cogida evitando pensar en nosotros fuera de allí, hacía unas semanas, cuando todavía le decía que habría que posponer el viaje, que no era un buen momento. No quería pasar de amarla con locura a ignorarla de nuevo.

—Tuviste una idea fabulosa y me alegro de que me convencieras, como siempre. A veces, ya sabes, me ofusco… las obligaciones, los negocios…

Decidí callar y seguir besándole la mano. Mejor no seguir por ahí.

—Estás guapísima, María.

Y ella se echó a reír.

Estaba guapísima.

Dos días después descansábamos en el chiringuito, junto a la arena, mientras perdía la mirada en las olas que estallaban en la orilla. Habíamos pedido un par de piñas coladas más. Debía ser mediodía y se veía llegar el barco de la excursión al arrecife, con las primeras voces. Pronto no estaríamos solos.

—¿Qué te apetece hacer? —me preguntó María—. ¿Quieres hacer la excursión?

—¿Cómo?

—No sé, como te has quedado mirando el barco… ¿Quieres que hagamos la excursión?

Yo me volví hacia la barra y María se volvió conmigo. Le toqué el hombro, estaba comenzando a broncearse y no quería que se quemara. Cuando separé la yema de mi dedo de su piel, quedó ligeramente sonrosada y la besé ahí.

—No creas —le dije—. No quise hacer la excursión entonces, y tampoco me apetece hacerla ahora. Chapotear con treinta turistas más no es mi idea de explorar el arrecife… además, a ti no te hizo nunca mucha gracia…

—Lo sé —me dijo ella—, pero estamos aquí, de nuevo, y lo estamos pasando tan bien… si es contigo no me importaría meterme en un barco…

—Y… ¿nadar en medio del mar? ¿Sobre un arrecife repleto de vida salvaje?

María rio.

El camarero nos servía las piñas coladas en aquel preciso instante.

—Señor, disculpe mi atrevimiento. No pude evitar escucharles, y me gustaría decirle que estoy de acuerdo con usted. La visita al arrecife pierde todo su encanto con el griterío y la compañía del barco, pero hay excursiones privadas. Mi compañero tiene un catamarán, cinco metros, un *Hobie Cat*, de sobra para llegar al arrecife los cuatro. Solemos ir todas las mañanas, muy temprano, buceamos un rato con las gafas, cogemos algo, un pulpo, unas ostras y nos volvemos. No nos importaría que nos acompañaran…

—Gracias por el ofrecimiento —interrumpí al camarero—, pero no lo creo. Mi esposa tiene miedo, no creo que la convenza usted…

—Por mí sí —dijo María, seria, mirándome fijamente.

Y después sonrió.

Estuve a punto de preguntarle si estaba segura, de recordarle sus ataques de pánico en los lugares muy abiertos, su miedo a todo aquello que se moviera debajo de ella, pero la miré y me detuve. Si le decía aquellas cosas se echaría atrás, y lo que quisiera que estuviera tratando de demostrarme, se vendría abajo.

Estaría bien bucear un rato, a nuestro ritmo, ver el arrecife y volver. Si ella estaba dispuesta a hacerlo, pues no había más que hablar.

—Está bien —dije.

Y María me abrazó, no sé exactamente por qué, y la abracé de vuelta.

Quedamos temprano al día siguiente, con la playa aún desierta. El catamarán estaba prácticamente nuevo y José y Mario nos indicaron el camino.

El mar estaba tranquilo y ayudé a María a ponerse el chaleco y subir a la lona. Cuando la abracé para incorporarla pude sentir su corazón latiendo deprisa, estaba nerviosa e intentaba sonreír, aunque a veces lo que le salía era una mueca preocupada.

Ella miraba la playa alejarse, vuelta de espaldas. Yo veía el océano abrirse ante mí y era consciente del gran esfuerzo que estaba haciendo. No me sentía mal, ni siquiera un poquito. La conocía y acabaría rentabilizando aquel calvario con cientos de "todo lo hago por ti", "soy la que lo hace siempre por los dos", "hago cualquier cosa", así que decidí disfrutar de aquella experiencia de manera genuina.

Ya pagaría por las consecuencias.

—Estamos sobre el arrecife —nos dijo uno de ellos—. En esta época del año el arrecife está lleno a rebosar y los animales tienen comida de sobra, así que, si no se les molesta, sería muy inusual que los atacaran.

María tragó saliva.

—Pero no imposible… —apuntó mi mujer.

—Excesivamente inusual —respondió el muchacho—. No puedo asegurar más… pero tranquilícese, no hay peligro. Está usted en buenas manos.

El mar estaba tranquilo pero aun así el catamarán ondulaba jugando con las olas.

—Estamos solos y lo estaremos todo el tiempo. Estamos fuera del recorrido del resto de los circuitos, así que nadie va a molestarnos aquí, y la costa está más lejos de lo que parecería a simple vista, imposible alcanzarla a nado, así que relájense y disfruten… Bienvenidos al verdadero Caribe.

Y me eché a reír, estaba ansioso por saltar. María, no.

Si digo que aquello era una maravilla me quedaría corto. Era uno de los mejores lugares en los que había buceado a pulmón en toda mi vida. Los colores eran inagotables, intensos y había barracudas allá abajo, incluso una gran tortuga. Estaba disfrutando como nunca y cuando alzaba la vista veía las piernas de María, chapoteando para mantenerse a flote junto al catamarán. Llevaba las gafas puestas pero no había querido quitarse el chaleco, así que de vez en cuando sumergía la cara y me buscaba, pero no lo estaba pasando nada bien, la conocía.

Y yo no dejaba que me encontrara, volvía a hundirme cuando adivinaba que su mirada iba a decirme que ya estaba bien, al fin y al cabo ella era la que se había prestado a aquello. Por la noche elegiría ella el restaurante, yo le compraría algo, una pulsera, alguna cosa que le ayudara a recordar el calvario por el que había pasado gracias a mí y así poder recriminármelo todas las veces que le viniera en gana.

Yo me volvía a por la tortuga.

Y cuando estuve cansado de todo aquello, volví con los demás.

Estaba agotado, exhausto, feliz.

Los dos hombres tomaban el sol sobre el catamarán y María seguía moviendo las piernas, arrugada y nerviosa.

Sería mejor pensar en volver, la pobre lo estaba pasando realmente mal.

Me ayudaron a subir al catamarán en cuanto se lo pedí y cuando intenté ayudar a María, me detuvieron.

—Ella se queda —me dijeron con una mirada oscura, sombría.

Yo no entendí nada al principio.

—¿Cómo?

—Lo hemos investigado un poco, señor, y sabemos que es usted un próspero hombre de negocios, muy exitoso, así que queremos proponerle un negocio, esperamos sepa apreciarlo, y resulte ventajoso para las dos partes.

Sacaron un arma y me apuntaron con ella. Era larga, con silenciador incorporado.

María intentaba agarrarse a mí desesperadamente pero no pasaba de acariciar la lona y volver a caer. Yo, mientras, estaba paralizado, no sabía qué hacer.

—Adelante —les dije—. Los escucho.

—Verá, es simple. Como los negocios son cosas de hombres, dejamos aquí a su esposa disfrutando del arrecife, chapoteando un rato más, y usted se viene con nosotros. Vamos hasta su villa y allí nos hace una transferencia, una inversión inicial, poca cosa, ciento cincuenta mil euros, una golosina para usted. Tenemos un banco internacional, seguro, nadie se enterará… y después volvemos a por la señora, estarán de vuelta justo a la hora de comer.

Se me congeló el corazón y miré a María. Nos estaban robando, chantajeando.

Intenté rebelarme y cogerla de la mano, ayudarla a subir, aquello no podía estar pasando de verdad.

—¡No podemos dejarla aquí!

—No nos llevará más de una hora. Estará bien…

Yo la miraba y ella me negaba con la cabeza, intentando agarrarse, suplicando que no la dejáramos atrás.

—Escuche —dije acercándome a los hombres para que ella no pudiera oírme—, tiene principios de agorafobia, teme los espacios abiertos, le entrará un ataque de pánico, se quitará ella misma el chaleco y se hundirá, ¿me entiende? No aguantará, es imposible.

—El tiempo comenzará a contar cuando usted decida señor, cuanto antes comencemos, antes terminaremos.

Tragué saliva. No sabía cómo salir de aquello y María lloraba y gritaba, me llamaba por mi nombre, me pedía ayuda, y yo estaba a punto de explotar.

—Déjenme a mí y llévensela a ella. Le puedo dar mis claves…

—Señor, preferimos hacer negocios directamente con usted. Su mujer se queda.

Se me nublaba la vista, estaba cansado y los gritos de María no me dejaban pensar.

—¿Puedo hablar con ella? —pregunté con la pistola directamente apuntando a mi cabeza.

Y aquellos hombres asintieron.

—María —le dije abrazándola—, María, tranquila, tranquilízate por favor mi vida…

Y ella dejó de gritar y lloró abrazada a mi cuello, con el resto del cuerpo sumergido en el agua.

—Estaré de vuelta en una hora, una hora y estaré aquí de nuevo, contigo, mi amor, mi esposa…

La abracé fuerte, intentando pasarle seguridad y confianza, algo de calma… pero era difícil. Al menos se quedó tranquila, dejó de chapotear y respiró hondo.

Me iba con ellos.

Me vendaron los ojos, según ellos para que no viera en qué parte de la playa atracaríamos, y yo lo agradecí, cualquier cosa menos ver cómo me alejaba de ella y la dejaba allí.

—Son precauciones señor, ya sabe lo cuidadoso que hay que ser antes de cerrar cualquier operación.

Aquellos hombres debían haber hecho aquello más veces. No se contradecían, no parecían tener puntos débiles, flaquezas. Estaban los dos sincronizados, y aquello me dio seguridad. Tomarían lo que querían y nos dejarían tranquilos… María…

Nos pusimos en marcha y con el viento dando en las velas no la escuché más. Comencé a darle vueltas a todo en silencio. ¿Qué sucedería si todo salía mal? ¿Y si la arrastraba una corriente y no éramos capaces de encontrarla de vuelta? Podríamos no llegar a tiempo y ella se pondría nerviosa… una hora ¿Cuánto tarda en pasar una hora en medio del océano sin modo de medirla? Se le terminarían quemando los hombros, el sol comenzaba a castigar fuerte y mi María se dejaría hundir, se quitaría el chaleco y simplemente no me esperaría ¿Qué sucedería entonces? ¿Cómo me consolarían aquellos hombres? ¿Se disculparían? ¿Cómo me consolaría yo? ¿Cómo cogería el avión de vuelta sin ella? Mi María se quitaría el chaleco y se dejaría hundir…

Llegamos a la zona de rompientes y las olas nos recibieron agresivas. Yo no veía nada y me costaba mantener el equilibrio con la espuma que me golpeaba por todos los costados y no me dejaba respirar. Era como ahogarse… como María… y en aquel momento me eché a llorar.

Me debieron esconder en el carrito de la limpieza y solo cuando llegamos a nuestra villa me quitaron la venda de los ojos.

Pasamos al dormitorio. El camisón de María estaba apoyado en un lateral de la cama, con la parte inferior tocando el suelo y lo coloqué junto a su almohada. Su cepillo para el pelo, las gafas de sol y el primer bikini que se había probado esa misma mañana antes de irnos, el que le apretaba en la nuca, tibio aún por el contacto de su cuerpo.

María.

Saqué el portátil mientras seguían apuntándome con el arma.

Eran ciento cincuenta mil euros, no demasiado, la verdad. Podrían haberme pedido mucho más, tal vez lo hicieran en cuanto comprobaran lo rápido que se haría la trasferencia, tal vez no se cansaran de pedir y me lo quitaran todo.

Respiré hondo, debía mantener la calma.

No los miré en todo el tiempo, no quería que adivinaran en mis ojos lo que estaba pensando. Haríamos la trasferencia y nos largaríamos de allí.

—Necesito los datos de la cuenta —dije con la poca voz que me salió.

Uno se había metido en el baño y el de la pistola, el que no me quitaba los ojos de encima, metió la mano en el bolsillo y sacó de su bañador un portadocumentos de plástico. En ese momento hizo la cosa más estúpida e inesperada que pudiera imaginar: apoyó la pistola en la cama para ayudarse con la otra mano y buscar de entre los papeles que contenía.

No podía creerlo.

Allí estaba.

¿Era esa mi oportunidad?

Lo era.

Abrí bien los ojos y no me lo pensé ni un segundo.

Cogí el arma y apunté a aquel tipo, José o Mario, el que fuera, y lo estuve apuntando durante unos segundos, no sabría saber cuántos, sin que aquel infeliz se diera cuenta siquiera que tenía su pistola, que el juego lo dominaba yo.

Cuando aquel desgraciado levantó los ojos para darme el número de cuenta y me vio plantado allí, con su arma, de pie, temblando, intentó retroceder pero le paré los pies.

—Quieto —le dije.

Y la voz me salió mejor. Con el arma en la mano la voz no se me atragantaba.

Y me hizo caso, claro, así cualquiera. Menudo error garrafal, estúpido él… y valiente yo. Hay que ser valiente para apuntar a alguien con un arma, y más si ese alguien es un ladrón o un asesino, porque si no haces las cosas bien, si te descuidas un segundo, recuperan el arma y te matan, sin esperas esta vez.

El otro salió del baño y lo mandé estarse quieto a él también.

—Señor —dijo el recién llegado—. Si no nos devuelve la pistola no volverá a ver viva a su mujer. Tranquilícese…

Tenía que pensar rápido pero era incapaz de concentrarme. Miles de pensamientos se amotinaban en mi mente, queriendo sobresalir de entre los demás, y yo no podía leerlos todos.

—Señor, denos el dinero y vayamos a por su mujer. Tiene millones, conocemos sus cuentas hasta el último céntimo, y le hemos pedido una nimiedad, para que no fuera mucha molestia…

—A mí no me roba nadie —dije.

—¿Quiere que mi compañero vaya a por ella? Olvidamos el negocio y ya está. Yo me quedo aquí, con usted, y mi primo se va a por la señora y se la trae…

Me estaba poniendo nervioso.

—Señor, si nos mata su mujer se muere con nosotros.

Y algo dentro de mí se activó, un resorte, no sabría explicarlo, pero en el próximo segundo les pegué dos tiros a cada uno, certeros, seguros. Había disparado antes, contra animales, para mí aquello era lo mismo.

Lo del silenciador sí que era nuevo.

Suuum, suuum… suuum, suuum… y los dos estaban inmóviles en el suelo.

Ya estaba.

No había vuelta atrás.

Hecho… y por fin pude respirar.

Solté el arma y me senté en el suelo, frente a los tipos, con la espalda apoyada en la cama. Me temblaban las piernas, pero ya había acabado todo.

Lo complicado de verdad había sido tomar aquella decisión, aprovechar la oportunidad, pero ya estaba y debía tranquilizarme.

Ya no había María, solo yo, mi futuro, mis opciones, mi vida, mis nuevos comienzos, y me fui relajando.

Alargué la mano hasta mi mesilla de noche y abrí a tientas el primer cajón. Saqué entonces mi bote de pastillas para dormir y me tomé unas cuantas del tirón. Pronto comenzarían a hacer efecto y me pasaría durmiendo allí las primeras horas, plácido y feliz. Cuando despertara, no tenía más que llamar a la policía, al hotel y contarles todo. Les diría que me habían secuestrado; que habían dejado a María en el agua; que me habían llevado hasta allí a punta de pistola y me habían drogado… bueno que pude defenderme, al final, antes de que se me cerraran los párpados, fuerzas de flaqueza había sacado… y me creerían, era casi la verdad… salvo pequeños detalles… y para cuando buscaran a María, no habría nada que hacer.

Y fue entonces cuando la vi aparecer por la puerta y me puse en pie, sobresaltado.

—María…

No podía creerlo. Era ella y otra vez me fallaba la voz ¿Cómo podía estar allí? Debía estar muriéndose, en medio del océano…

Cogí de nuevo la pistola, fue una reacción, no sabía qué hacer con ella realmente, y aquellos dos hombres se pusieron entonces en pie, ágiles, y se interpusieron entre ella y yo.

Ya no podía verle la cara.

—La pistola —dijo uno de ellos— suéltela, es de fogueo.

Y la solté como si abrasara. No sabía qué creer.

—¿Qué significa todo esto? —pregunté desesperado.

Algo me decía que de nuevo era la víctima, que toda la seguridad quedaba atrás y tendría que luchar por sobrevivir de nuevo.

—Señor, permítanos presentarnos. Trabajamos para la agencia de viajes "Confianza Comprometida", su esposa nos contrató. Nos dedicamos a planificar vacaciones ideales, de ensueño, a la carta… en las que de repente algo sucede para probar el amor de uno de los cónyuges.

No entendía nada de lo que me decía y mientras uno hablaba el otro me extendió una tarjeta de visita.

"Agencia Confianza Comprometida, porque el amor debería ser para toda la vida".

Intentaba mirar a María, leer su cara. Su rostro me daría toda la información que necesitara saber. ¿Estaba dolida? ¿Enfadada? Si pudiera hablar con ella…

—Su esposa acudió a nosotros. Estaba preocupada por su matrimonio. Decía que usted ya no reparaba en ella, que cada día las ausencias eran más prolongadas y no la incluía en los viajes de negocios, como antes… y estaba preocupada por el bienestar de su matrimonio y el suyo propio.

—Quiero hablar con mi mujer —exigí.

—Señor, como supondrá, usted no ha superado la prueba de confianza y, francamente, le digo que es una pena. A cambio de una cantidad de dinero insignificante estaba dispuesto a dejar a su esposa a su suerte en medio del océano. No lo esperábamos, la verdad… y más después de haberla visto personalmente debatirse por mantenerse a flote. Señor, es usted un monstruo.

No podía creer lo que estaba oyendo.

—María —imploré—, iba a salir en tu busca. Los chantajistas nunca cumplen sus promesas, por eso me deshice de ellos. Ahora me iba a por ti, a buscarte…

Se puso a llorar. No podía verla pero podía oírla.

—María, mi niña… te quiero…

—Señor, debemos ser rápidos, antes de que las pastillas que ha tomado comiencen a surtir efecto…

—¡Entonces todo esto es un montaje! —grité mientras fingía aplausos —. Vale… ¡Enhorabuena! Por eso no la oía gritar cuando la dejamos en el agua, seguro que venía con nosotros, en el catamarán, mientras yo estaba sentado allí, como un idiota, con los ojos vendados, muy bonito. ¡Yo también he sufrido! Vale, bien… Han descubierto que soy una mierda, que la iba a dejar allí, que mi matrimonio no era tan importante como pensaba… Nunca, nunca hubiera llegado a esta conclusión si no fuera por su pruebecita de confianza, irónico, ¿no? ¿Y ahora? ¿Qué pasa ahora? ¡Soy el peor tipo del mundo! Vale, demostrado…

—Ahora nuestros servicios están a punto de terminar —dijo uno de ellos.

Yo ya los comenzaba a ver borrosos.

—La señora sabe que si se divorcian…

—¡No verá un céntimo! —interrumpí.

—Lo sabemos todos, hay un contrato prenupcial… y por eso necesitaba asegurarse de que podría contar con su amor para toda la vida… Cuestión de supervivencia…

Yo me reí a carcajadas.

—¿Cuál es su salario? ¿Por cuánto ha salido esta escapada, este plan para hundirme? ¿Cuánto me ha costado? Porque ella no tiene un duro, aquí el que paga soy yo, ¿lo saben?

Los dos hombres me miraban serios y a María solo la escuchaba sollozar. Uno de ellos me extendió la documentación que había estado intentando sacar de la cartera de plástico, cuando le cogí la pistola.

—Es nuestro contrato, por si le interesa. Nuestros honorarios hubieran sido los ciento cincuenta mil de la trasferencia, de haberse llevado a cabo. En este caso… nuestra tarifa es la de la página dos sección siete, que se corresponde con…

Busqué la página y la sección.

—El cinco por ciento de mi seguro de vida —leí en voz alta y levanté la cabeza —. ¿Seguro de vida? Para cobrar el seguro de vida uno tiene que morirse.

Los dos sonrieron para darme a entender que estaba en lo cierto, y por fin María habló.

—Uno tiene que morirse… —repitió.

Y entendí lo que querían hacer conmigo, y estaba tan cansado que no podía rebelarme, no podía hacer nada, me caía de sueño…

—Quisiéramos decirle —decía uno de los hombres y yo lo oía como si retumbara en mi propia cabeza— que sentimos muchísimo cómo ha acabado todo, aunque económicamente el pellizco que nos corresponda sea incomparablemente mayor, lo sentimos. Se lo pusimos muy fácil, a mi parecer… ha sido una gran desilusión… se lo veía enamorado, no sé, estas cosas son un palo para todos.

—María… María… ayúdame… mi vida, mi amor… María…

Uno de ellos se la llevó hacia el salón y yo me quedé allí con el otro, sin fuerzas para incorporarme siquiera, defenderme…

—Señor, debemos hacer que esto parezca un accidente, ya sabe, para poder cobrar el seguro. Después de todo el trabajo que nos ha costado llegar hasta aquí…

No podía creer que aquello estuviera pasando de verdad y en lugar de reaccionar, luchar por mi vida, levantarme, abrir los ojos… estaba cayendo inconsciente con la imagen en mi mente de los deliciosos hombros de María, bronceados, dorados, y en la mancha rosada que dejaba la huella de mi yema en su piel.

—Señor, no se duerma aún señor, tengo que matarle..

11 PARÍS - FRANCIA

Llegué a la ciudad aquella segunda vez con la intención de visitar las catacumbas de nuevo. Era mi único propósito.

La primera vez que vine a París debía tener unos trece años, hacía de aquello ya más de diez, y en aquella ocasión se podría decir que no nos dejamos nada por ver. Fueron siete días y seis noches de excursiones, paseos y subidas y bajadas desde Montmartre a la torre Eiffel, sin obviar lo mínimo. Mis padres se habían propuesto enseñarme cada rincón.

Recuerdo el día que visitamos las catacumbas. Era una mañana de julio y hacía un calor bochornoso que nos pegaba la camiseta al cuerpo, agobiante. No eran más de las nueve cuando llegamos al acceso oficial en la avenida del Colonel Henri Rol-Tanguy y, aunque faltaba una hora para que abrieran las taquillas, no era difícil adivinar que nos pasaríamos la mañana entera parados allí haciendo cola.

Mi padre era el que tenía verdadero interés en verlas y no había dejado de hablar de ello en los últimos días, un poquito aquí, un poco más allá, intentando que mi interés creciera y llegara a su nivel.

La verdad es que no dejaba de resultar curioso que hubiera un entramado de trescientos kilómetros de túneles laberínticos bajo la Ciudad de la Luz. Nos contó mi padre que aquellos túneles habían sido en realidad una cantera de caliza de la época de los romanos, y que con la piedra que de allí sacaban fueron construyendo la ciudad arriba.

También nos dijo que ya en el siglo XVIII, cuando los cementerios de la ciudad estaban abarrotados de restos humanos mal enterrados y causando enfermedades y contaminación, decidieron trasladar los huesos de muchos de esos cementerios hasta aquellos túneles, y dejarlos reposar allí.

Mi padre me contaba todo aquello, que en realidad había leído en la guía el día anterior sin que yo lo viera, para darme de nuevo la impresión de que todo lo sabía, de que nada se le escapaba.

—Los transportaban de noche —me decía mi padre—, en carretas, los huesos, con nocturnidad y alevosía.

Dispusieron aquellos restos alineados junto a las paredes, formando murallas, muros en los que las cenefas eran filas interminables de fémures o calaveras, o ambas cosas alternadas para dar un toque más chic.

Había allí abajo los restos de más de seis millones de parisinos.

Me lo contaba como si fuera la cosa más fantástica del mundo, algo que no debíamos perdernos por nada, pensando que a mí, como adolescente, me encantaría la idea de ver todos aquellos trozos de gente desperdigados formando mosaicos. Yo, a decir verdad, no le encontraba la gracia. Aquello era grotesco, aun a mis trece años de edad.

Mi madre lo oía hablar y se desesperaba. Tenía tan pocas ganas como yo de estar allí.

—No he venido a París para ver cementerios —decía—, y encima me dijiste que serían cuarenta y cinco minutos y nos vamos a pasar la mañana entera aquí, pudiendo estar en los Campos Elíseos, o comiéndonos por ahí un crep, cualquier cosa menos esto.

—Los cuarenta y cinco minutos son la visita en sí— respondió mi padre.

Y de repente volvía de nuevo a emocionarse con la idea de entrar allí y enumeraba cifras que se había aprendido la noche anterior.

—De los trescientos kilómetros, solo están abiertos al público para visita menos de dos. Antes estaba todo abierto, accesible —decía mirándome con cara lúgubre—, pero ahora la entrada está prohibida. Si te pillan saliéndote del circuito, te multan.

Yo era una cría y, entre el calor, el palizón de la espera y la idea de ver huesos alineados durante cuarenta minutos, estaba empezando a intranquilizarme. Mi padre estaba allí de lo más emocionado, pero yo estaba por decirle a mi madre que la acompañaba a tomar el crep.

—Ya te digo que yo si me muriera —dijo mi padre—, me vendría para acá. Debe ser divertido, ya sabes, millones de personas, compañía constante, mil cosas que hacer…

Mi madre le lanzó una mirada fulminante y mi padre calló de repente. Después él me miró y me sonrió aunque, por la cara que le puse, debió adivinar que todas sus palabras en lugar de excitarme me estaban acobardando.

—Vamos a bajar a veinte metros de profundidad —me dijo a continuación—, es como bajar cinco pisos por debajo de esta calle, los edificios y el autobús, ¿no es alucinante?

Me encogí de hombros. No estaba segura.

Mi madre nos miraba a los dos resignada. Ella también había estado leyendo acerca de las catacumbas en el hotel el día anterior, pero lo que ella descubrió durante la lectura no me lo contó allí, en la cola para entrar, sino que se lo escuché decir dos semanas después, de vuelta ya en casa.

Mis padres estaban abajo, en el salón, con una pareja de amigos, y yo los espiaba escondida desde la escalera, colando los ojos y la nariz por entre los barrotes.

Les estaban enseñando las fotos de nuestro viaje.

—¿Qué no sabíais que todo esto está debajo de París?—preguntaba mi madre sorprendida, como si no saberlo fuera algo excepcional—, pues es curiosísimo, digno de ver.

Mi padre la miraba y asentía. Parece que ya no recordaba la espera por la que nos hizo pasar.

—¿Y no os daba impresión, con la niña? —preguntaba la mujer.

No recuerdo su nombre.

Mi padre carraspeó a propósito mirando a mi madre y ella se echó a reír.

—Sí, la verdad es que estaba muy impresionada por entrar, no creas, pero como la cola estaba llena de niños, pues hija, algo cultural, que en esta vida hay que enseñarles todo. Cometí el error, la noche antes, de leer por aquí y por allá, ya sabes, leyendas urbanas, habladurías.

El matrimonio se incorporó hacia adelante, hacia mi madre, y ella continuó hablando.

—Pues resulta que solo hay una porción de unos dos kilómetros abierta al público. Antes la entrada era libre, de hecho hay accesos por toda la ciudad, y la gente, los jóvenes, no sé, se colaban para hacer misas negras, satánicas, demoníacas, cosas prohibidas.... Chalados.

—Vaya —dijo el señor aquel que trabajaba con mi padre—, inquietante.

Y mi padre se echó a reír.

—Lo más inquietante fue verla a ella —dijo abrazando a mi madre—, con la niña cogida del brazo y dándonos tirones para que no nos separáramos un milímetro del grupo.

Mi madre agachó la cabeza riendo y se la tapó. Ahora aquello le parecía graciosísimo a ella también. Después se explicó:

—Es que dicen, según leí, que si te separas del grupo y ves una figura blanca, allí en medio, en las catacumbas, significa que te queda un año de vida, y no me quería arriesgar.

Todos rieron menos la mujer. Aquella mujer miraba a mi madre comprensiva.

—Yo hubiera hecho lo mismo, toda precaución es poca.

Volví a mi habitación cuando la conversación cambió a asuntos más livianos y tumbada boca arriba, en mi cama, recordé aquella visita, el moho, la oscuridad y los tirones incontrolados y violentos de mi madre.

No nos rezagamos del grupo y no vimos ninguna figura blanca.

Y no en un año, sino en casi seis, mi padre murió.

Y diez años después de aquella primera visita, allí estaba yo de nuevo en París. La decisión de volver la tomé mientras aún estaba de viaje por Asia. Tenía dudas acerca de si parar o no en París de camino a casa para recordar a mi padre, andar por donde anduvo él conmigo, pisar sus pasos cuando vivíamos ajenos a que no estaríamos juntos para siempre y me acabé de decantar cuando conocí a Francis en Tailandia.

Francis era un escultor francés, flaco, joven y destartalado al que le apasionaba conversar acerca de todo con todos. Fue en nuestro segundo encuentro, cuando le hablé de que una vez en tiempos diferentes estuve en su ciudad y visité incluso las catacumbas, que me habló de los catafilos.

—¿Catafilos? —le dije yo—. Eso suena a enfermedad, ¿no?

Y él se reía, con su cara y su barba flacas.

—Y en realidad lo es —me contaba—. Los catafilos somos exploradores urbanos, clandestinos, artistas, antisistema, y llevamos años bajando a las catacumbas. Aquello es otro mundo, la libertad, la anarquía, el amor. Allí... creo.

No sé si se refería a que allí creaba o que allí creía, pero me daba igual. Yo no podía imaginarme que nadie quisiera explorar aquellos túneles llenos de moho y de huesos.

—No es la propia zona de los osarios —me decía—, hay cientos de kilómetros y salas de reunión, de exposiciones... mucha cultura y sabiduría, mucha más que en la parte alta de la ciudad. Allí se habla de libertad, música, arte y vida. El significado de la vida... y hay fiestas, conciertos, con su público y todo.

—¿Y la policía? —le pregunté.

—Pues de la policía uno huye y punto y si te pilla, pues pagas la multa.

Yo no salía de mi asombro, de hecho no sabía si creer lo que decía.

—¿Y no os da miedo? —pregunté para ver por dónde salía esta vez.

—¿Miedo de qué? El miedo a las cosas de arriba, a las hipotecas, a la esclavitud, a la falta de motivación y a las puertas cerradas cuando buscamos respuestas. Abajo no hay miedo.

Yo me reí entonces.

—¿No me crees? —me dijo ofreciéndome un cigarro que yo rechacé. No sabía qué pensar de Francis.

—Mi madre decía —le conté—, la vez que fuimos, que si te separabas del grupo en la excursión, en la oficial, y veías una figura blanca te quedaba un año de vida. No sé dónde lo leería, la verdad.

Y él se rio entonces y poniendo brazos como de fantasma y ululando, me dijo:

—Todos los monstruos te pillarán si te sales del camino establecido, si asomas el morro de entre el rebaño de borregos… Eso es lo que quieren que creas, pero yo te advierto, si no te separas del grupo, si no exploras por tu cuenta, es entonces cuando estás muerto de verdad.

Y mientras me decía todo aquello se puso a buscar algo en su móvil. Yo no le perdía de vista. La camiseta deshilachada y el cuello dado de sí le hacían parecer aún más pequeño.

—Mira —me dijo acercándome el móvil—. Esto lo esculpí yo allá abajo, mira, mira.

Cogí el teléfono y observé lo que parecía ser un busto extraño allí en medio de los túneles.

—Ve pasando las fotos, no te cortes.

Y mientras se recostaba allí en la playa, protegiéndose los ojos del sol de la tarde, yo fui pasando imágenes de color, fiesta, tertulias y túneles.

A mi padre le hubiera encantado aquello.

A las ocho, puntual como un reloj, acudí a la cita con Antón, artista también, el contacto que Francis me diera, su amigo. Me iba a llevar a las catacumbas, a las de verdad, esa misma noche.

Charlamos un poco primero, Francis y sus locuras nos sirvieron para romper el hielo y aún dio más de sí. La verdad es que era un tipo bastante peculiar, pero después nos dirigimos al punto de entrada, que no era más que una alcantarilla en la zona sur de la ciudad, en medio de la calle.

No podía contener mi entusiasmo.

—¿Por aquí? —le pregunté.

—Sí —me dijo riendo—. Las entradas van cambiando, no son fijas, y siempre hay que esperar a que no pase nadie, a poder ser, porque imagínate, se quedan flipados cuando alguien nos ve bajar.

Llevaba todo lo que necesitaba: botas altas de goma porque había zonas con bastante agua, impermeable y una buena linterna.

Estaba preparada para bajar y el hecho de tener que esperar a no ser vistos, toda aquella clandestinidad, hacía que estuviera realmente emocionada.

Hacía muchos años que no me había sentido así.

Antón me había avisado de que no habría mucha actividad por allá abajo, que si quería ver algo genial de verdad deberíamos esperar al concierto del viernes, pero yo prefería bajar a las catacumbas vacías, secretas y recordarlas de aquella manera.

Y nos metimos en los túneles, por fin.

Encendimos las linternas. Estaba oscuro. El túnel por el que andábamos era rectangular, de unos dos metros de ancho y no muy alto, y estaba sumamente oscuro. No había ni rastro de huesos por allí.

—¿Sabes dónde estamos? —le pregunté.

—Lo sé, me he descargado los mapas de Internet y sé hacia dónde dirigirnos. A un par de kilómetros hay unas salas con arte urbano que quiero enseñarte, buen arte mío y alguna pifia de Francis, te encantará.

—¿Están los mapas en Internet?

Y a él le parecía de lo más normal.

—Claro, y las entradas… ya te he dicho que no son fijas. De todos modos Francis te asesoró bien. Siempre hay que bajar con alguien que sepa de qué va esto. Muchos de estos túneles son inundables y te puedes dar un buen susto.

Recorrimos pasadizos y túneles. En las esquinas nos fijábamos en las señales e indicaciones y las contrastábamos con el mapa para saber hacia dónde dirigirnos. Poco a poco la sobreexcitación del principio fue dando paso a un bienestar y una quietud más sosegados.

Me gustaba estar allí.

Me había pasado los últimos años intentando entender la crueldad de la vida, su mecanismo, el poder de darte y después quitarte, hundirte hasta doblarte y dejarte seguir, casi sin aliento, hasta la próxima. Había viajado muy lejos intentando descifrar aquello, buscando sensaciones que expulsaran la angustia de la pérdida y ahora estaba allí, sencillamente a gusto, en otro mundo, otra realidad palpitante, habitada por humanos que buscaban también otras respuestas, como yo.

—Se está bien aquí —le dije.

Y Antón me miró sonriendo.

—Sí, ¿verdad? Es extraño pero estos túneles te hacen sentir como en casa, desde el principio. Es otra velocidad, otro sistema, otra vida... pero espera, que no has visto nada... Te aseguro que no querrás marcharte de aquí.

Nos sonreímos y seguimos adelante.

De repente, me detuve sobresaltada. Allá adelante se terminaba nuestro camino y se cruzaba con un túnel mayor del que se desprendían luces intermitentes y sombras. Agarré a Antón del brazo, tal y como mi madre me agarrara a mí diez años atrás, y el chico, después del sobresalto inicial, me miró divertido.

—No te preocupes —me dijo—, ven.

Se adelantó conmigo detrás y, cuando giramos a la izquierda, vimos a dos chicas allí observando minuciosamente una de las paredes.

—¡Hola! —dijo Antón.

Y las chicas se volvieron.

—¡Antón! Qué casualidad… mira, ven a ver esto —le dijeron las dos.

Nos acercamos a ellas y el corazón me volvió a su sitio al comprobar que se trataba de dos chicas de carne y hueso y, encima, buenas amigas de mi acompañante.

—Estas son Louise y Carol, de lo mejor que te puedes encontrar por aquí —dijo Antón presentándome a las chicas.

Y nos dimos la mano.

—Hay más gente por aquí —me dijo Antón en voz baja—, no te preocupes. Somos todos amigos, verás.

Al parecer aquellas chicas habían descubierto allí mismo una combinación de texturas única que les venía de perlas para hacer un mural que tenían bocetado perfectamente en la cabeza, así que, durante los próximos minutos no se habló más que de materiales, contornos, formas y significados artísticos, mientras yo alargaba el cuello para ver a lo lejos, en los túneles.

Antón debió adivinar que me aburría un poco y me dijo:

—Segunda entrada a la derecha tienes una de las salas de las que te hablé. Hay obras mías, nada de Francis, pero sí de otra gente. Adelántate, échales un vistazo, a ver si cuando te alcance adivinas cuál tiene mi firma.

Y yo asentí. Era una idea estupenda y, además, me permitía estar sola allí, a mis anchas, todo un privilegio, aunque fuera por unos minutos.

Me dirigí a la entrada que Antón me indicó. También se adivinaban luces y sombras que se movían, pero no me lo pensé y entré, contenta de encontrarme allí y, efectivamente, no estaba vacía.

Allí había un grupo de ocho personas, algunos adormilados, otros charlaban. Todos estaban sentados en círculo alrededor de un fuego en el centro de una sala que también era circular, amplia y con las paredes llenas de murales.

Los que hablaban dejaron de hacerlo cuando me vieron aparecer.

—Hola —dije— vengo a ver… el arte… urbano… de Antón.

Y sonrieron entonces.

—¿Es tu primera bajada? —preguntó un chico joven con flequillo largo que le llegaba hasta la nariz y le dejaba un único ojo al descubierto.

—Sí —dije—, mi primera bajada… por esta zona.

Y esperaba que no preguntaran más porque no me apetecía contarles la visita oficial, siendo una cría, con mi madre tirándome del brazo por si veíamos fantasmas.

Reanudaron su charla y yo me concentré en las paredes, rodeando al grupo a medida que las recorría, cerca de ellos.

Había imágenes de un mundo saqueado por las multinacionales y con una pequeña fracción de la humanidad comiéndose a todos los demás, grandes demonios formados por diminutos aviones de guerra superpuestos y flores que inhalaban un humo negro, contaminado, directamente desde las chimeneas de las fábricas.

Los mensajes de aquellas pinturas eran puramente antisistema y me sentía cómoda entre ellas, pero, cuando hube completado la primera vuelta, puse una oreja en la conversación del grupo.

—No somos libres —decía una mujer de mediana edad con un moño alto que le tiraba desde delante—. No podemos ir donde nos place, hacer lo que queramos… ¿cuál es el significado de la existencia entonces? ¿Por qué tu Dios nos mantiene en este mundo? ¿Cuál es su propósito?

—Eso mismo me pregunto yo —dijo un chico gordito, a su lado, dirigiéndose también a un hombre más anciano frente a ellos—. Un Dios que deja que nos pudramos en un planeta como este. Aún imaginándonos que las cosas fueran bien, que fuéramos capaces de cuidarlo como merece… aun así un día explotaría con el Sol.

Yo no perdía detalle.

—La existencia es eso —respondió el hombre más mayor—, el vivir este momento, el ser capaces de tocarnos, hablarnos, aprender ¿qué más queremos?

—¿Existir? —dijo entonces el chico del flequillo—. ¿Estás seguro de que existes o es solo una percepción de tus sentidos?

Di un traspié y una pequeña piedra rodó. Todos dejaron de hablar entonces y pusieron su atención en mí de nuevo.

—¿Quieres sentarte con nosotros? —me dijo una mujer menuda con rasgos orientales—. Sería interesante escuchar una opinión nueva, para variar. Hablamos del significado de nuestra existencia.

—Sí, sería interesante —dijo la mujer del moño—. ¿Cómo lo ves tú?

Me senté entre el hombre más anciano y una chica joven, rubia, de pelo largo que me sonrió muy abiertamente, y lo hice despacio, para ganar tiempo. Así de repente, no sabía que pensar, así que me encogí de hombros, llevaba muchísimo tiempo haciéndome aquella misma pregunta.

—Todo es muy confuso —dije al final—, a veces pienso que estoy sola, que nada a mi alrededor existe, que es todo una ilusión…

Algunos asintieron.

—Como en Matrix – dijo el chico gordito.

—No me vengas de nuevo con Matrix —replicó el anciano—. Para ti todo es Matrix. Ni siquiera he visto esa película, ni la veré, te lo aseguro.

—Te entiendo —me dijo directamente la chica de mi lado, cogiéndome del brazo—, es todo tan extraño… somos partículas en vibración, infinidad de ellas, separadas entre sí por otro infinito más. Somos etéreos, más que eso, somos ruido…

Yo los miraba a todos con los ojos bien abiertos, contenta, orgullosa de pertenecer a aquel grupo, de estar en aquella conversación.

De repente, oí pasos. Antón se acercaba.

—Es Antón —dije sonando fastidiada—. Voy a tener que marcharme y no quisiera porque yo…

—Voy a, voy a… —repitió el chico del flequillo —No hemos aprendido nada después de miles de años de existencia. Aquí eres libre y no tienes por qué hacer nada, simplemente haz lo que desees.

—¿Preferirías quedarte con nosotros? ¿Aquí? —me preguntó la mujer del moño.

Lo quería.

—Sí —contesté—. Quisiera quedarme y escucharos para siempre.

—Pues entonces quédate, no se hable más —dijo la chica rubia de mi lado.

Y me sentí feliz de haber tomado aquella decisión, de estar con un grupo de gente diferente entre sí, unida por su intención de llegar al fondo de las cosas, obtener respuestas. Cuando Antón apareció por la entrada de la sala, fui clara con él.

—Me quedo. Ya me acompañan después…

Y me detuve ante la cara de horror de Antón que se abalanzó corriendo hacia el centro del grupo, donde antes estaba la hoguera. No había fuego ya, solo mi cuerpo tendido allí inerte.

—¡Louise! ¡Carol! ¡Venid! ¡Ayudadme!

Me puse en pie y me llevé las manos a la boca. Desde allí vi como las otras dos aparecían también, se horrorizaban y corrían a tratar socorrerme.

Noté una mano que me agarraba del hombro, era la chica rubia, la de la sonrisa amplia.

—Has hecho bien eligiendo quedarte, has hecho muy bien.

La miré por un segundo y después volví la mirada hacia mi cuerpo. Vi cómo lo cargaban y lo sacaban de allí a toda prisa y, cuando se hubieron ido, miré a los demás, uno por uno.

—¿Conocéis a Bruno García? —les pregunté—. Es mi padre, me dijo que tal vez vendría por aquí.

Y la mujer oriental se encogió de hombros.

—Podría ser, aquí hay millones de personas… nunca estarás sola, hay tanto que hacer…

12 FETHIYE - TURQUÍA

Onur y yo éramos amigos, de los mejores, desde hacía ya más de diez años. Fuimos compañeros de habitación durante un verano en Atenas, por unas prácticas de la universidad, y aunque en aquel programa seríamos más de cincuenta estudiantes, todos hospedados en el mismo hostal, él y yo nos hicimos inseparables. Nunca íbamos el uno sin el otro.

Aquel verano fue único, pero volvimos a coincidir, a conciencia, en Londres, años después, tan solo unos días y fue como si nada hubiera cambiado.

Nunca perdimos el contacto y cuando me llamó y me invitó a su boda, cuando me dijo que por fin la fortuna le sonreía e iba a casarse con Aysel, su enamorada de toda la vida, no lo dudé un segundo y accedí a venir.

Iba a su boda, a Fethiye, en el Suroeste de Turquía, a orillas del Mediterráneo y sería su *Best Man*, el padrino.

No podría estar más satisfecho.

Onur me recogió en Estambul una semana antes de la boda. Yo no había visitado nunca antes Turquía y pasamos un día allí, comprando las últimas cosas y aprovechando para ver la ciudad. Estábamos solos, la familia ya estaba ultimando los preparativos en el sur, y aprovechamos para celebrar su despedida de soltero, mano a mano, como en los viejos tiempos… o eso creía yo.

Onur había sentado la cabeza, era un hombre responsable, y la velada terminó en la terraza de un ático de la plaza Taksim, fumando pipa de agua. Ni siquiera tardamos mucho en irnos. Onur llevaba la camisa desabotonada hasta por debajo del pecho y los mosquitos le habían picado en la zona descubierta. Era alérgico y le saldrían heridas, según me confesó, así que, para evitar que la cosa fuera a más y estas arruinaran las fotos de la boda, salimos de allí.

Vale que me había quedado sin fiesta desenfrenada hasta el amanecer, pero aun así, estaba orgullosísimo del bueno de mi amigo, el responsable Onur.

Al día siguiente saldríamos hacía Fethiye en un autobús nocturno que partiría a las nueve de la noche y llegaría unas trece horas después a destino. No habíamos encontrado vuelos, estaba todo cubierto, y de todos modos a mí no me importó. Nos recordaría nuestra etapa de estudiantes, con los largos viajes en tren a la Grecia Continental, durmiendo acurrucados alrededor de las mochilas. No se nos dio muy mal entonces, de seguro que no se nos daría tan mal en aquella ocasión.

El taxi que nos llevaba a la estación de autobuses estaba atascado en el tráfico. No nos habíamos movido en los últimos diez minutos.

—No llegamos —me dijo Onur—, hazte a la idea.

—Lo siento, de verdad —le dije disculpándome—, se me echó el tiempo encima. Pensaba que me daría tiempo a hacerlo todo.

—No te preocupes —me dijo Onur para consolarme—, nada hubiera cambiado de haber salido cinco minutos antes.

—¿Y queda muy lejos la estación?

Mi amigo miró al techo, para calcular.

—Unos dos kilómetros —me dijo.

Y los dos nos miramos. Tuvimos la misma idea a la vez y mientras Onur pagaba al taxista a toda prisa yo cogí la mochila y volamos de aquel vehículo.

Nuestra coordinación era asombrosa, pero bueno, eso yo ya lo sabía. Saltábamos a través del tráfico y por encima de los agobiados claxones de camiones y motocicletas.

Dos kilómetros no eran demasiado, yo solía correr el doble o incluso más cada sábado, así que no sería complicado y a Onur tampoco se le daba mal.

Íbamos demasiado cargados, teníamos el tiempo justo pero lo conseguiríamos, no me cabía la menor duda.

Lo más difícil fue moverse por dentro de la propia estación. A cada paso nos topábamos con tapones de gente que parecían infranqueables y que se entremezclaban con los vehículos que hacían lo imposible por entrar y salir del recinto.

Yo corría desorientado sin saber hacia donde dirigirme y cuando perdía de vista a Onur, entre la multitud, me limitaba a seguir para adelante hasta que, como por arte de magia, aparecía de nuevo.

Mi amigo preguntaba al personal de la estación y daba quiebros bruscos. Estaba casi tan desorientado como lo estaba yo, pero con la responsabilidad de encontrar el camino. Por fin, llegamos a la cochera de nuestro autobús… y estaba vacía.

Yo me llevé las manos a la cabeza, pero Onur no se dio por vencido y siguió corriendo, así que salí detrás de él.

Alcanzamos un autobús, estaba a punto de salir de la estación, y debía ser el nuestro ya que Onur se abalanzó sobre él. Golpeó las puertas traseras, corrió hasta situarse en las delanteras y las golpeó también.

Al final se cruzó delante del vehículo enarbolando los billetes y lo obligó a detenerse en seco.

Yo cerré los ojos, temiendo que lo arrollaran, pero el conductor sacó la cabeza por la ventanilla. Hablaron durante unos segundos y las puertas delanteras se abrieron. Un chico joven, uniformado, salió a recibirnos y comprobó nuestros billetes.

Abrió el compartimento de equipajes y guardó mi mochila y Onur me sonrió optimista.

Lo habíamos logrado.

Subimos pletóricos al autobús. Lo que habíamos conseguido, corriendo a través del tráfico, fue una auténtica proeza y no ocultamos nuestra alegría al sentirnos arriba, por fin, pasando entre las filas de pasajeros que nos miraban inquisitivos en la oscuridad. Las pupilas fijas en nosotros y las caras serias. Y aunque el interior estaba en penumbras, podría decir, casi con seguridad, que nadie celebró nuestra llegada.

Nuestras carcajadas rompían un silencio sólido, denso y asfixiante.

A los pocos minutos de habernos sentado, el chico uniformado se acercó a Onur y le susurró algo al oído.

—¿Quién es? —le pregunté cuando se hubo marchado.

—Es el asistente del autobús, ya sabes, el que reparte las bebidas y se encarga de que todo esté bien aquí adentro.

No, no lo sabía.

—Acaba de decirme —me contó Onur— que tengamos por favor un poco de decoro. Esta gente viaja al sur para el funeral de un familiar muy querido y respetado.

Yo me encogí de hombros. Ahora comprendía las pocas ganas de alegría que tenía aquella gente, y Onur y yo nos quedamos callados, durante un rato. Después nos miramos y no pudimos evitar reír de nuevo.

El autobús aún no se había movido desde que subimos. Al parecer durante la parada para que subiéramos, otros dos vehículos nos habían adelantado y uno de ellos se había quedado atascado en una maniobra, así que seguíamos allí detenidos esperando a que el camino se despejara. Mientras aquello ocurría me limité a estudiar las siluetas de los que se sentaban más adelante, alejados de Onur y de mí, que no teníamos a nadie detrás ni en las dos filas delanteras.

—Van sentados separados, hombres y mujeres —puntualicé.

—Sí —dijo Onur—, debe tratarse de una gente muy tradicional.

Y veinte minutos después allí seguíamos. Comencé a escuchar los murmullos ininteligibles e impacientes de los demás ocupantes y algunos, incluso, se volvían y apuntaban en nuestra dirección. Yo me recliné en el asiento y comencé a leer algo en mi tableta.

Estaba terriblemente cansado.

—Esta gente está enfadada —me dijo Onur—. Temen no llegar a tiempo al funeral de mañana, y escucha esto: nos culpan a nosotros.

—¿A nosotros? ¿A nosotros por qué?

—Porque si no hubiéramos detenido el autobús ya hubiéramos salido.

—Bueno, igual tienen razón… ahora ya poco se puede hacer…

Y continué con mi lectura.

Fue entonces cuando aquella gente comenzó a enfadarse… con nosotros.

Salimos al cabo de una hora, más o menos, y el asistente, el del uniforme, el que nos había llamado la atención en la ocasión anterior, volvió un par de veces a preguntar si queríamos algo de beber, todo incluido en el precio del billete, y le aceptamos el ofrecimiento.

Aquel chico sabía algo de inglés y lo practicó conmigo, siempre muy bajito, entre susurros, para no avivar el fuego.

Una vez abandonamos Estambul, la marcha fue más estable, sin las interrupciones de tráfico que habíamos sufrido en la ciudad, y los ánimos se relajaron, por fin.

Onur y yo nos pasamos las horas charlando, e incluso a veces olvidábamos dónde estábamos o las horas que eran, y soltábamos alguna carcajada o alguna voz más alta que otra. En aquellas ocasiones siempre había alguna cabeza que se volvía y nos miraba, inquisitiva, intentando parecer amenazante y, antes de que nos diéramos cuenta, nos habíamos quedado dormidos.

Nos despertó un frenazo más o menos brusco y el revuelo que causó.

El autobús se había detenido de nuevo.

Cuando abrí los ojos unos pasajeros se habían levantado de sus asientos, otros hacían aspavientos con los brazos y había algunos que, incluso, lloraban .Yo me alarmé. ¿Qué podría haber sucedido? Onur, aún con los ojos entrecerrados, se adelantó para preguntar por la causa de todo aquel revuelo. Yo permanecí reclinado en mi asiento, con los pies sobre el reposacabezas del asiento delantero.

Lo vi entremezclarse con la gente que levantaba los brazos y apuntaba en su dirección y le hablaban, todo en turco, supongo.

Unos minutos después estaba de vuelta, con cara grave, y se dejó caer en el asiento, a mi lado. Parecía agobiado. Yo me recliné y bajé lo pies.

—¿Y? —pregunté.

—Pues nada, que el autobús se ha parado, así, de repente. Al parecer se ha calentado. Han ido a por agua, estaremos aquí parados un rato.

—Pues vaya —le repliqué—, ¿no lo chequean antes de salir? Este es un viaje largo…

—Lo hacen —me interrumpió—, estas cosas no suelen suceder.

—Bueno —dije yo—, mala suerte, supongo.

—Sí, eso creen todos, y adivina… creen que el portador de la mala suerte eres tú.

—¿Yo?

—El extranjero… tonterías… esta gente está muy nerviosa por llegar a tiempo al funeral.

Me quedé mirándolo durante un rato esperando que me dijera que se lo había inventado, que no hablaba en serio, pero no decía nada, y las miradas de reojo que llegaban desde más adelante parecían más bien confirmar su historia.

—¿Lo creen en serio? —le pregunté realmente asombrado—. Pero… ¿son peligrosos?

Y Onur me sonrió entonces.

—No, son solo un grupo de gente que quiere llegar al funeral y culpa de su mala suerte a cualquier cosa que se cruce en su camino, pero tú haz el favor de no levantar la voz. Están nerviosos y cansados. Ya te dije que era gente muy tradicional, ¿no? Pues me quedé corto.

Miré por la ventanilla intentando alejarme de las voces, los aspavientos y las malas caras de aquella gente en el autobús, pero el cristal solo me devolvía mi propio reflejo atrapado allí. Afuera todo estaba oscuro. Debían ser las dos de la madrugada.

Ya que sabía lo que opinaban de mí por allí delante, podía reconocer miradas rencorosas y agresivas cuando se volvían. Al menos no podía entender lo que decían, eso era un alivio.

—No les hagas ni caso —me dijo Onur –. En cuanto reanudemos la marcha se les pasará.

Y asentí.

—Seguro —dije.

De repente, una mujer se acercó a nosotros. Era mayor y redonda, tan voluminosa que le costaba abrirse paso a través del pasillo, entre los asientos vacíos. Iba toda ella vestida de negro y, cuando al fin llegó a nuestra posición, comenzó a chillar con unos gritos desmesurados y espeluznantes. Onur y yo nos erguimos en el asiento y nos protegimos con los brazos. Parecía que quería golpearme con algo, un péndulo o algo así. Yo solo distinguía su cara entre las sombras y el vaivén de aquello que colgaba.

Mi amigo intentaba tranquilizarla, pero yo no sé lo que le decía que no daba resultado. La mujer parecía estar cada vez más enfadada y los demás comenzaban a acercarse también, aunque curiosamente nadie le ponía las manos encima para detenerla.

Aquella mujer parecía encenderse por momentos y ahora con una mano intentaba golpearme y con la otra me achuchaba aquel objeto, así que opté por defenderme y cogerle aquella cosa.

Era uno de esos ojos de cristal azul y blanco. Los había visto a centenares en las tiendas de souvenires en Estambul, en los taxis, en las tiendas, por todas partes… era su símbolo para guardar del mal de ojo y me había estado tratando de golpear con él.

Cuando se lo arranqué de las manos el mundo entero pareció detenerse, incluso mi amigo me miró con los ojos abiertos, desorbitados, y yo, por fin, agradecí aquel momento de calma, aquel poder que de repente tenía sobre todos, y, sin pensar realmente en las consecuencias que mis actos tendrían, lancé aquel amuleto hacia adelante, tan lejos como pude, hacia la parte delantera del autobús.

Todos corrieron detrás de él y nos quedamos allí los dos solos, por fin.

—¿Y dices que no son peligrosos? —dije a Onur—. Esta gente está como una cabra.

Y Onur asintió.

—Ufff —me dijo—. Son muy devotos. Realmente te ven como una amenaza, como el portador de la mala suerte y piensan que tus intenciones son que no despidan a su ser querido.

—A mí me están comenzando a dar bastante miedo, Onur.

—No te preocupes —me contestó mi amigo—. Solo hay que procurar no llamar demasiado la atención, no darles más motivos. En cuanto reparen esto, proseguiremos nuestro camino y te encantará Aysel, mi luna, verás que hermosa es…

Vi como Onur se encorvaba y dejaba de hablar.

Nos habían lanzado algo y le habían dado en la espalda, entre los omoplatos.

Se encogió del dolor, de la impresión, o de ambas cosas.

—¿Qué ha pasado? —le pregunté.

Onur estaba más sorprendido que otra cosa y cogió del suelo aquel ojo de cristal, el Nazar. Nos lo habían lanzado.

—¿Cómo se dice en turco mala suerte? —pregunté.

Y Onur me contestó sin pensar, mientras miraba aquel objeto sin dar crédito a lo que le había sucedido.

—*Kötü sans* —me dijo.

Y yo me puse en pie.

—¡*Kötü sans*! —repetí gritando mientras los señalaba a todos y cada uno de ellos, incluso me puse en pie y me estiré en la fila de asientos delantera.

—¡*Kötü sans*!

Y de nuevo observé el poder que tenía sobre ellos. Escondían las cabezas y se ocultaban contra los otros para evitar encontrarse con mi mirada.

Onur me sujetó por detrás y me sentó en el asiento de nuevo.

Les dijo algo en voz alta, en turco, imagino que por el tono era una disculpa o algo así. Me molesté con él, lo empujé allí delante de todos y después desaparecimos en nuestros asientos.

—Están locos —dije a Onur—. Te han tirado algo, eso es agresión. Déjalos que se asusten un rato, se lo tienen merecido… ¡Miserables! —les grité.

Y Onur volvió a retenerme en el asiento.

Se había hecho el silencio más absoluto en todo el autobús. Nadie decía una palabra. Tan solo se oía de vez en cuando un sollozo apagado o un llanto.

Onur y yo ni siquiera nos mirábamos el uno al otro.

Unos veinticinco minutos después apareció el asistente del autobús, sudado y lleno de barro, y, con una sonrisa, dijo que todo estaba arreglado, que habían conseguido agua y que la marcha se reanudaría enseguida.

Nadie le contestó.

Ni Onur ni yo dormimos. Seguía enfadado con aquella gente y conmigo mismo por haber ofendido a mi amigo, por haberle hecho sentir tan brusco siendo mi anfitrión. No sabía lo que podría estar pasando por su cabeza en aquellos momentos, pero no me apetecía preguntarle y volver a hablar del asunto.

Llegaríamos al sur, conocería a su prometida y lo pasaríamos en grande en su boda, faltaban apenas unos días.

Así es como sucedería.

Pero una hora después de habernos puesto en marcha de nuevo, se puso a llover. Una lluvia torrencial, salida de la nada, que comenzó de forma tan repentina que todos nos sobresaltamos, incluso el propio conductor, que comenzó a conducir de manera brusca, intentando controlar aquel vehículo bajo la que estaba cayendo.

Los veinte minutos siguientes fueron un horror, con la lluvia cada vez más espesa y el autobús que amenazaba con volcar en cada curva, hasta que volvimos a detenernos, junto a un edificio de unas dos plantas y pared de piedra.

El asistente nos habló de nuevo y Onur me tradujo lo que iba diciendo.

Al parecer era peligroso conducir en aquellas circunstancias, así que pararíamos en el hostal hasta que amainara la lluvia. Así también estiraríamos las piernas y tendríamos cobijo.

El muchacho hablaba pero todas las cabezas, allí delante, estaban vueltas hacia mí y susurraban los unos con los otros. Con cada relámpago se iluminaban los ojos, llenos de odio.

Onur estaba cada vez más alerta hasta que al final se puso en pie y habló.

Yo no entendía nada de lo que decía y no dejaba de observar su lenguaje corporal, los gestos, cualquier cosa que me diera una pista de la gravedad del asunto.

Seguro que yo era el protagonista de la charla.

Aunque los demás solo contestaban con susurros, la voz de Onur estaba cada vez más alarmada y, poco a poco, los otros fueron alzando la voz.

Era uno contra todos, supongo que dando la cara para defenderme a mí.

El asistente del autobús nos pedía paciencia y tranquilidad, intentaba calmar los ánimos, incluso dijo un par de palabras en inglés y todos se calmaron y miraron al frente.

—¿Qué les pasa ahora? —pregunté a Onur.

Mi amigo meneó la cabeza.

—Supersticiones —me dijo—. Lo he pensado seriamente y nos quedamos en este hotel, no proseguiremos la marcha con ellos. Mañana encontraremos la manera de llegar a Fethiye, ya nos apañaremos. Cualquier cosa mejor que este viaje de locos.

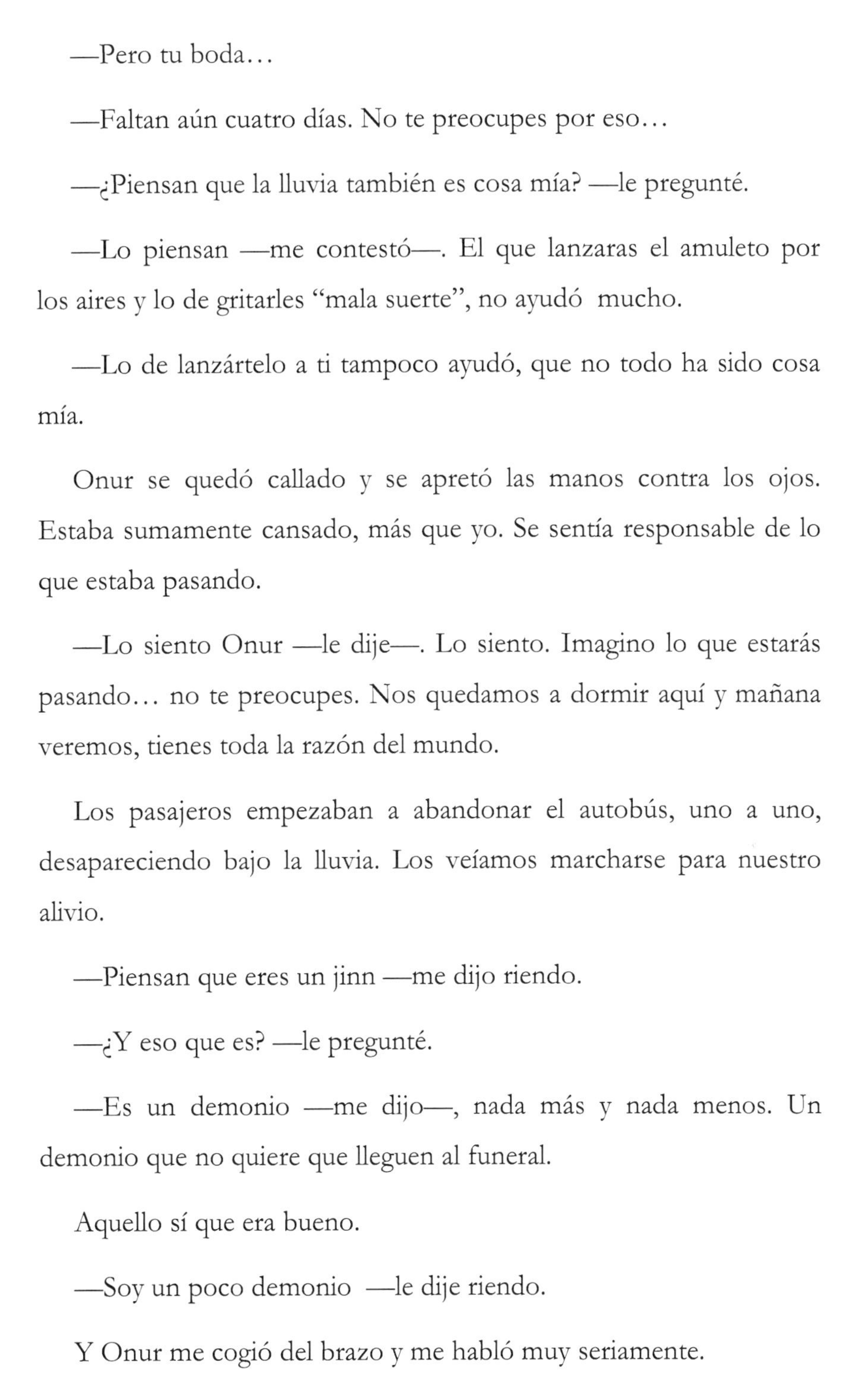

—Pero tu boda…

—Faltan aún cuatro días. No te preocupes por eso…

—¿Piensan que la lluvia también es cosa mía? —le pregunté.

—Lo piensan —me contestó—. El que lanzaras el amuleto por los aires y lo de gritarles "mala suerte", no ayudó mucho.

—Lo de lanzártelo a ti tampoco ayudó, que no todo ha sido cosa mía.

Onur se quedó callado y se apretó las manos contra los ojos. Estaba sumamente cansado, más que yo. Se sentía responsable de lo que estaba pasando.

—Lo siento Onur —le dije—. Lo siento. Imagino lo que estarás pasando… no te preocupes. Nos quedamos a dormir aquí y mañana veremos, tienes toda la razón del mundo.

Los pasajeros empezaban a abandonar el autobús, uno a uno, desapareciendo bajo la lluvia. Los veíamos marcharse para nuestro alivio.

—Piensan que eres un jinn —me dijo riendo.

—¿Y eso que es? —le pregunté.

—Es un demonio —me dijo—, nada más y nada menos. Un demonio que no quiere que lleguen al funeral.

Aquello sí que era bueno.

—Soy un poco demonio —le dije riendo.

Y Onur me cogió del brazo y me habló muy seriamente.

—Cuando los jinns adoptan forma física es cuando son vulnerables y se les puede matar. Muerta la forma física, muerto el demonio. Nos quedamos en este hotel y nos deshacemos de esta gente, ya.

Yo asentí. La cosa se ponía seria de verdad.

Esperaba que no estuvieran tan locos como parecía.

Bajamos los últimos del autobús y cuando entramos al hotel nos habían hecho un pasillo. Sin miradas, sin provocarlos, tal y como Onur me había aleccionado, pasamos entre ellos y nos dirigimos al mostrador. Queríamos una habitación para pasar la noche.

El asistente del autobús se acercó a nosotros y, en un inglés amable y sin demasiadas explicaciones, le dijimos que nos quedábamos mejor allí.

Media hora escasa después, estábamos tumbados en las camas gemelas mirando la tormenta a través de la ventana, deseando que pasara cuanto antes y así poder escuchar el sonido del motor del autobús alejándose.

Yo estaba tranquilo, feliz de no tener que enfrentarme más a ellos, y fue entonces cuando oímos los golpes en la puerta, agresivos. Segundos después, la habían tirado abajo.

Me pilló tan de sorpresa que no supe cómo reaccionar y simplemente me incorporé mientras me rodeaban y me inmovilizaban, entre todos, brazos y piernas.

Onur intentaba detenerlos, lo veía luchar con todas sus fuerzas y golpear incluso a quien se le ponía por delante fuera hombre, mujer, anciano o niño, no le importaba, solo pretendía acercarse a mí, liberarme. Gritaba por mi libertad, eso lo sabía sin entenderlo, y era mi última esperanza. Sabía que no se rendiría, que daría la vida por mí.

Yo ya estaba inmovilizado y noté impotente como me rasgaban la camiseta de arriba abajo sin que pudiera mover un dedo por impedirlo.

Sacaron un cuchillo grande y lo sujetaron sobre mi cuerpo sin que pudiera hacer nada. Allí estaban todos, incluso el asistente, el muchacho del autobús. De repente se me ocurrió algo, tuve esa idea, esa especie de revelación, y me dirigí a él.

—Tengo que decirte algo —le dije—, es importante.

Y para mi sorpresa el chico se acercó a mí levantando una mano para que todos callaran. Acercó su oreja a mi boca y dejó que le susurrara lo que le tenía que decir, lenta y firmemente, sin titubear.

Solo unas palabras.

El asistente se incorporó de nuevo y, cogiendo el cuchillo él mismo, se dirigió hacia Onur. Los que lo sujetaban, lo hicieron aún más fuerte, y entonces vi como le rasgaban la camiseta, de abajo a arriba.

Allí estaban las marcas ensangrentadas de los mosquitos, de aquella primera noche fumando pipa de agua en aquel ático, aquella noche en la que reímos y me habló de sus planes, de su matrimonio y de los hijos que tendría.

Y sin que Onur lo viera venir siquiera, lo mató a puñaladas. Le atravesó el pecho muchas veces, no las conté, el filo se hundía y salía de nuevo mientras todos miraban cómplices, incluido yo.

Yo el que más… yo el asesino.

Mis propias palabras resonaban aún en mi cabeza, como si, en lugar de decirlas yo, las hubiera dicho otra persona.

"Yo no soy el jinn, el jinn es el otro. Tiene las marcas del demonio en el pecho, es él".

13 BALI - INDONESIA

Aunque hace tiempo que no siento nada, que simplemente me dejo llevar como un autómata, hay momentos que aún tengo clavados a fuego en la memoria. Son tan intensos que si cierro los ojos podría recrearlos, incluso los olores y las sensaciones, todo lo recuerdo como si hubiera pasado ayer, aunque en realidad sucedió en otra vida, lejos de esta.

Uno de esos momentos fue cuando salimos de la terminal del aeropuerto de Bali. Respiré hondo y me dejé embriagar por el sol, el cielo, las nubes… nos sentíamos en el paraíso. Había sido un largo viaje, más de veinte horas con una parada en Bangkok. Estábamos agradecidos de haber llegado y sentir la isla en la piel. Seguíamos a aquel hombre pequeño y de piel morena que sostenía un cartel con nuestro nombre. Nos reíamos, estábamos emocionados, felices, y solo me fijé en su cara cuando llegamos junto al coche en el aparcamiento.

Era el conductor que habíamos contratado desde España, el que hablaba castellano.

Nos presentamos mientras cargábamos el equipaje en el maletero del coche de siete plazas.

—Me llamo Putu —nos dijo despacio con un español limpio, claro, carente de acentos.

Y como no, las dos chicas se echaron a reír.

—Es un nombre muy común en la isla —nos explicó tranquilo, acostumbrado a estas cosas—. Es muy corriente para los balineses poner un nombre a sus hijos de acuerdo con el orden de llegada a la familia, así que creo que lo oiréis más de una vez. Putu es un nombre de primogénito y no solo para hombres, para mujeres también.

Y ahí termina mi recuerdo intenso. Lo que pasó después, excepto en un par de ocasiones, no más, se almacena en mi mente como si no me hubiera sucedido en realidad, como si no tuviera que ver conmigo y fuera una película que se va difuminando poco a poco, como el resto de cualidades que me hacían humano. Tal vez sea mejor no recordar, no me quejo.

—Discúlpenos —le dije yo—, ha sido un largo viaje. Llevamos demasiadas horas encerrados en aeropuertos y sin dormir demasiado. Esta es mi novia Mar y estos son Verónica y Pedro.

Mi nombre ya lo sabía, estaba en el cartel que aún sostenía.

—Vero, mejor Vero.

Nos entrechocamos las manos e intercambiamos sonrisas, pero como digo, lo recuerdo como si lo estuviera viendo de lejos, imágenes sin más… de tantas veces que me lo repito para no acabar olvidándolo… Verónica recogiéndose el pelo antes de subir al coche, Pedro quitándose la mochila del hombro y cogiéndola por el asa, Mar mirándome y moviendo los labios en una mueca "Vero, soy Vero" y Putu a lo suyo, administrando el espacio lo mejor que podía en el maletero del *Daihatsu Taruna* gris.

Subimos al vehículo, Verónica delante junto al conductor y nosotros tres detrás. En menos de una hora estaríamos en el resort que habíamos contratado en Ubud, rodeados de arrozales y selva, y descansaríamos un rato.

Lo necesitábamos.

La isla pasaba flotando a través de nuestras ventanillas con sus faldas de colores y las camisas blancas, las flores grandes y el verde intenso de la selva y, mientras nos perdíamos en todos aquellos detalles, Putu hablaba de manera mecánica, sin importarle si lo escuchábamos o no. Yo lo sentía tan lejano como la música que se escapaba de la radio. Lo oía sin escucharlo.

"… la isla tiene más de cuatro millones de habitantes…"

"… también llamada isla de los dioses, isla de la paz, isla del hinduismo o isla del amor, entre otros…"

"… un paraíso…"

"... con más de un ochenta por ciento de población hindú, alrededor de un diez por ciento musulmana y el resto cristiana y budista..."

"... el hinduismo de la isla es único, distinto del que se practica en el resto del mundo e India. La isla ha conservado sus dioses ancestrales y los ha incorporado al hinduismo, conviviendo el ciclo hindú de vida, muerte y reencarnación con los dioses y demonios que han habitado aquí durante milenios..."

De repente vimos una nube de humo que cubría la carretera y el parque colindante.

—Es una ceremonia de cremación —dijo Putu haciendo una leve reverencia.

Y Pedro terminó de subir la ventanilla del todo.

—Qué asco —nos susurró al hacerlo—, humo de muerto...

Y Mar se giró hacia mí y puso una de sus caras de desaprobación de siempre.

—¿Y tú qué eres, Putu? —le preguntó Verónica—. ¿Musulmán, hindú o qué?

—Somos musulmanes. Mi familia es originaria de esta isla aunque yo nací y viví en la isla de Halmahera, más al norte —respondió sin quitar los ojos de la carretera.

—¿Y os vinisteis de vuelta? —volvió a preguntar Verónica.

Y Putu asintió sin mirarla.

—Decidimos volver en 2004. Vivíamos en Tobelo, hubo una masacre allí en el 2000 y las cosas se fueron complicando.

—¿Eso también es Indonesia? —preguntó Verónica de nuevo que no sabía de islas ni masacres ni le interesaban realmente.

—Sí, lo es —contestó el conductor.

—Pues tenéis mucha suerte de vivir en estas islas y poder iros cambiando de la una a la otra —dijo mi amiga—, alejados de los problemas y el estrés de la sociedad occidental moderna. Esto es tranquilísimo.

Y seguimos en silencio, y casi mejor así.

Mar me miraba levantando las cejas y abriendo la boca sorprendida cada vez que Verónica decía más de tres palabras seguidas y yo, que no había estado atento a todo, solo a trozos, la miraba de vuelta, me encogía de hombros y seguía admirando el paisaje con las faldas, los colores, el verde y las flores. Verdaderos enjambres de motocicletas nos adelantaban a derecha e izquierda, pero había un orden dentro del caos, había paz… la isla del amor había dicho, ¿no?

El hotel era perfecto. Enclavado en el corazón de Ubud y al mismo tiempo rodeado de arrozales verdes, en terraza, con una piscina que se perdía en ellos. Y la villa no estaba nada mal. Tenía dos alturas desde las que se accedía por entradas diferentes y era auténticamente balinesa. La de abajo tenía un porche revestido de azulejos de mármol y las puertas y las ventanas eran de madera tallada con miles de formas en las que se entremezclaban los colores. Un mozo nos la mostró a los cuatro y cuando preguntó qué equipaje dejaba, Mar se recostó en la cama de estructura de bambú y se puso los auriculares.

—Esta es nuestra —dijo.

Y no le importó lo que pensaran los demás, ni siquiera dio pie a protestas. Pedro y Verónica subieron a la parte de arriba y ni siquiera les acompañamos a ver su habitación.

—¿No es alucinante? —pregunté a Mar mientras cerraba la puerta detrás de mí—. Y la piscina, ¿qué me dices?

Mar se quitó los auriculares y se sentó en la cama.

—Alucinante es lo ignorante que es Verónica, lo digo de verdad —me interrumpió Mar—. No sé lo que Pedro pudo ver en ella aunque después del "qué asco, humo de muerto", creo que son tal para cual.

Yo me encogí de hombros. Sabía que estaba ofendida, todo lo que hacían los otros la sacaba de quicio de manera sobrehumana, así que me senté en el borde de la cama y escuché lo que tuviera que decirme. Si se desahogaba conmigo, se apaciguaría y todo iría mejor.

—¿Qué pasa? —le pregunté— Estaba a la mía en el coche.

—Pues te lo cuento. Aquí la "llámame Vero" es tan ignorante que le dice a Putu el Primogénito, en la cara, que menuda suerte que tienen de ir saltando de isla en isla o algo así, sin los agobios de la sociedad occidental. ¿Pero de qué está agobiada ella? ¿De ser estúpida?

Yo asentí para que continuara. Ni en mil años se me ocurriría interrumpirla y menos defender a la otra.

—Y el otro acababa de decirle que habían tenido que irse por una masacre en su pueblo… ¡Me saca de quicio! Yo sé que Pedro es tu mejor amigo pero yo con ella no puedo.

Eso yo ya lo sabía, lo sabíamos todos, así que, mientras mi novia me hablaba yo la escuché lo mejor que pude, sin decir nada. Tenía razón y lo sabía, pero debía aprender a dejar esas cosas aparte, no permitir que se enquistaran por dentro, que la enfadaran, que la entristecieran, porque a los demonios de la isla les atraen esas cosas… demasiado.

—Mira lo que he encontrado en Google —continuaba Mar—. Era Tobelo, ¿no? El pueblo que ha mencionado Putu el Primogénito… a ver… dice eso, que hubo revueltas y una masacre en 1999. Ochocientos muertos… Qué ignorante es la petarda…

Estábamos en el paraíso.

Salimos a desayunar y Putu nos hacía de guía. Nos íbamos encontrando pequeñas cajitas, platos hechos de hoja con arroz, flores, galletas e incienso en la puerta de los comercios, incluso en las habitaciones del hotel y frente a las estatuas. Ofrendas a los dioses para agradecer sus favores y a los demonios para mantenerlos contentos, satisfechos y alejados… así era Bali y su rueda de la vida, su bien y su mal, como el blanco y el negro de los cuadros en las telas que rodeaban a las estatuas. Era un mundo nuevo con una espiritualidad tan presente como el incienso que nos embriagaba, dulce.

Era dulce, recuerdo pensar que lo era, aunque ya no me acuerde del olor en sí.

A la larga, si me acababa convirtiendo en uno de los espíritus bajos de la isla o en un demonio, seguramente me pondrían ofrendas a mí expresamente y, entonces, esas sí que las podría oler… hasta entonces, no hay nada.

Era feliz entonces, de eso sí que me acuerdo. Feliz ante un mundo que me apetecía explorar.

Anduvimos unas pocas calles más, a través de talleres de pintores y escultores, hasta llegar a los templos del Santuario del Bosque Sagrado de los Monos, una pequeña reserva natural en la que los monos son intocables, tanto que ni siquiera se desplazan por los árboles sino que caminan por el suelo y se plantan descarados ante los visitantes. Putu nos contó que aquel enclave cumplía el principio hindú Tri Hata Karana, los tres caminos para alcanzar la salud espiritual y física que consistían en mantener relaciones armoniosas entre los humanos, con la naturaleza y con el Dios Supremo.

Dentro del bosque, nuestro primer templo balinés, el Gran Templo de la Muerte.

—Menudo nombrecito —dijo Verónica.

—Es un lugar de purificación y oración —dijo Putu.

Y aprovechó entonces para decirnos que existen reglas que restringen la entrada a los templos hindúes, por ejemplo, no se debe entrar menstruando o con algún tipo de herida con sangre a la vista.

—¿Qué sentido tiene eso? —preguntó Mar a Putu—. ¿Somos las mujeres más impuras por estar con el periodo? ¿No somos dignas? ¿No damos acaso la vida?

—No tiene que ver con nada de eso —dijo Putu entonces—. El hinduismo no discrimina a la mujer que menstrúa y es consciente de su poder para dar la vida como la Gran Diosa. Tiene que ver con los chacras y la energía. La sangre, masculina o femenina, atraería a los espíritus bajos y los demonios. Te digo, y eso que soy musulmán y no hindú, que sería una falta de respeto que entraras si estás sangrando. Te rogaría que no lo hicieras.

Yo miré a Mar. No estaba con el periodo, terminó antes de coger el avión, pero le encantaba la controversia, disfrutaba con la cara de poema de Verónica que negaba con la cabeza y los ojos de Pedro que esperaban cuál sería su respuesta.

—Yo no entraría —dijo Verónica— si estás… ya sabes…

Y Mar me sonrió de lado. Aquello era todo lo que necesitaba, las palabras mágicas que la activaron.

—Pues yo voy a entrar.

Y me miró complacida. Yo decidí mirar a otro lado.

Pedro y Verónica fueron a buscar unas ofrendas y fue entonces cuando Putu se nos acercó.

—Señorita Mar, no debería entrar al templo.

Lo dijo tan solemne y grave que no supimos realmente qué decir.

—No te preocupes, Putu —le dijo Mar—. No estoy con el periodo. Nunca he dicho que lo estuviera, de hecho…

—No debería entrar —repitió el hombre—. Está usted enfadada. Guarda odio en su interior, rencor, y las personas enfadadas o tristes no deben entrar al templo, no tienen nada que dar a los Dioses y mucho que perder. De hecho, ni siquiera aquellos que han perdido recientemente a un familiar deben hacerlo. Al templo se debe entrar limpio, purificado y con amor. Los espíritus se pegarán a ti como lapas, señorita.

—Yo no estoy enfadada —dijo Mar intentando disculparse—. Es Verónica, solo eso, me saca de quicio pero…

—Los espíritus te comerán el alma —repitió Putu.

—Estoy contentísima…

Y en ese momento Verónica y Pedro se unieron a nosotros, ofrendas en mano.

—¿Qué pasa? —preguntó Pedro al ver nuestras caras graves.

—Lo mismo de antes —respondió Mar—, que si entro me comerán el alma los espíritus… ya ves.

—Pues no entres… —dijo Verónica.

—Me quedo contigo —me ofrecí yo.

Y Mar me lanzó la mirada más fulminante del mundo y se adentró sola, sin mirar atrás… y supongo que aquel fue el momento en el que empezó el fin de nuestra estresada vida en la sociedad occidental moderna.

Fue todo tan absurdo que cuando me paro a pensarlo no entiendo todavía, a día de hoy, después de tantos años, cómo llegamos a aquel punto, o al siguiente, y como no hicimos nada por evitar lo que pasó después. El plan era sencillo: llegar a una isla paradisíaca, hincharnos a cócteles y masajes, hacer algo de surf y volver a casa, eso era todo.

Pero el plan falló, y nunca volvimos.

Ninguno de nosotros.

Verónica era, con diferencia, la persona más supersticiosa e influenciable que nunca conocí. A partir de la entrada de Mar en el templo la miraba diferente, con atención, como intentando detectar las señales de que algo no iba bien, que algún tipo de desastre se cernía sobre ella.

Y Mar… estaba más que encantada con el poder que ejercía sobre la otra. Sin venir a cuento la cogía de la mano y la miraba fijamente, o la abrazaba por detrás haciéndole dar un respingo y, cuando después nos quedábamos solos, reía contándome lo que había disfrutado al ver su cara.

Yo intentaba apaciguarla, decirle que no era justo, que la asustaba de verdad, y lo máximo que conseguí fue llegar a un acuerdo. A la mañana siguiente partíamos hacia Kuta, el paraíso del surf en el sur, allí acabaría con la broma y se comportaría de manera normal.

Aquello era un día más con la bromita, pero al menos era algo, una tregua, y veía imposible hacer que Mar cediera algo más.

Y lo hizo.

Y el día fue intenso. Comenzó con Mar de buena mañana, agazapada en la puerta de la habitación de los otros, arrodillada en el suelo fingiendo devorar las ofrendas que habían dejado en su habitación.

Pedro me contó la mirada siniestra con la que los esperaba y el ataque de nervios que le dio a Verónica, que incluso lloró durante un rato encerrada en el baño, de la impresión.

La versión de Mar era diferente:

—No ha sido para tanto. Me agaché a oler el incienso y me pillaron así… ¿crees que de verdad me voy a meter esas cosas en la boca? Son tal para cual…

Y durante el viaje en coche a Kuta fingió un par de trances. Ponía las manos alrededor del cuello de Verónica y decía cosas ininteligibles. Una de las veces incluso pilló a Putu por sorpresa y este dio un giro brusco de volante que por poco nos saca de la carretera.

Así era Mar… desmesurada.

Detuvimos el vehículo y Mar se sentó delante con Putu y Verónica se refugió en Pedro. Yo, la verdad, estaba bastante avergonzado y cerraba los ojos.

Sabía que no había nada que pudiera hacer.

Mar era así.

Llegamos a Kuta y parecía que estábamos en una isla diferente, frenética, lejos de la jungla y el verde. Allí había sol, turistas y motos con las tablas de surf acopladas que volaban a nuestro alrededor. Mar se volvió y nos sonreímos. Después del relax y los masajes ansiábamos la vorágine de la playa y el sol. Estábamos en nuestro elemento y la besé en la cabeza, por encima del asiento, lo íbamos a pasar de miedo.

Cambiamos nuestra adorable villa por un hotel de seis plantas y la piscina que terminaba en los arrozales por una de hormigón rodeada de hamacas, pero estábamos pletóricos.

Después de una puesta de sol multitudinaria en la playa, Kuta se activó más si aquello era posible. La noche se llenó de neones, música y cócteles que se pasaban de mano en mano por la calle. Había tantas opciones, tantos lugares a los que entrar, tanta gente con la que hablar, que se me aceleraba el corazón solo de pensarlo y en aquel preciso momento tuve otro de esos recuerdos intensos, vívidos, el último. Cierro los ojos y aún puedo sentirlo.

Entrábamos a un bar. Estaba repleto de gente, tanta que Mar caminaba primero y me apretaba la mano. La música se escapaba por la puerta y las luces de láser se adivinaban entre las cabezas, más adelante. Mar se volvió entonces a mirarme, de refilón.

Una sonrisa tan dulce… con el flequillo castaño atrapado detrás de la oreja y sus mejillas bronceadas. Una sonrisa tan dulce… y la mano de Mar apretando la mía, fuerte.

La isla del amor.

Lo sentí todo en aquel momento.

Me miro ahora la mano que ella sostenía y está tan vacía…

Bailamos, bebimos, bailamos de nuevo, tanto que necesitábamos un descanso. Volvimos a la playa después de comprobar que las calles estaban más concurridas que las propias discotecas.

Pasamos por delante del monumento en recuerdo a los caídos en el atentado de 2002, más de doscientos jóvenes como nosotros que también disfrutaban en la isla de la paz y del amor… y seguimos hacia la playa.

Estaba desierta.

Putu nos había explicado que los balineses creen que los dioses viven en las montañas y los demonios en el mar, desconocido y peligroso, por eso no se aventuraban a la playa de noche, así que aquella fue nuestra oportunidad para estar tranquilos.

Mar… la morada de los espíritus más feroces, de los demonios más hambrientos.

Mar y su sonrisa dulce.

Nos tumbamos en la playa oscura y vacía, brindando con los cócteles a medio terminar y el rumor de las olas que rompían a unos cien metros.

Mar se puso de repente en pie delante de nosotros y, de espaldas a un océano que cada vez se me antojaba más salvaje, dando un sorbo a su copa puso su voz tétrica, la que usaba para aterrorizar a Verónica.

—Tengo una confesión que hacer… a Veróooonica….—decía—, a la que he estado martirizando porque es una ñoñaaaa…

Los demás reían y yo decidí cerrar los ojos y pensar en mis cosas. Sentía vergüenza, de alguna manera, cuando Mar se comportaba así. Bebí de mi copa. Al fin y al cabo se estaba disculpando y cumpliendo su parte del trato. No podía pedirle más…

—… Es hora de dejarte libre...

Y con los ojos cerrados interpretaba las risas de los demás y los gruñidos de Mar, que tampoco podía contener la risa, hasta que escuché un grito, real esta vez, y abrí los ojos.

Lo que vi a continuación está todavía borroso en mi memoria y cada vez que me esfuerzo en recordar se evapora, poco a poco, como todo lo demás que un día me hizo ser yo.

Era Putu.

Putu rodaba por la arena con Mar y antes de que pudiéramos reaccionar, en cuestión de segundos, le había clavado algo brillante, reluciente, un cuchillo tal vez, en la espalda.

Nos levantamos de un salto pero aun así llegamos tarde para evitarlo y mis ojos siguieron aquel filo intentando adivinar qué era exactamente. Se introdujo tres veces más en el cuerpo de mi novia.

Nos abalanzamos Pedro y yo sobre el hombre mientras Verónica, bueno, no sé exactamente qué hacía ella, pero me la imagino hecha un ovillo en la arena intentando hacerse invisible. Cuando lo separamos de Mar, cuando logramos arrancarlo de encima de ella, la había apuñalado unas seis veces en total.

Solo recuerdo intentar mirarla mientras sujetaba al balinés, intentar escudriñar su cuerpo en la oscuridad por si hacía algún movimiento, buscando alguna señal que me indicara que seguía viva pero solo distinguía su espalda mojada, húmeda, empapada. Era su sangre que comenzaba a cubrirle hasta las piernas, pero eso yo no lo sabía, o no lo quería saber.

Su sonrisa, su mano cogiendo la mía, fuerte, quedaban lejos…

—¡Es una *suanggi*! —gritaba el hombre mientras intentaba, boca arriba en la arena, zafarse de nosotros—. ¡Es una *suanggi*, debemos escapar!

Yo me volví a mirarlo, todavía sin creer lo que estaba pasando.

—En Tobelo, mi pueblo —nos decía—, después de la masacre… mucho después, en 2004, apareció un *suanggi*, un espíritu maligno con forma de mujer que buscaba venganza, a los responsables de la matanza. Aquí en Bali hubo una masacre en 2002 y el *suanggi* tiene a Mar, la morada de los demonios.

Yo solo quería que Mar se moviera, que me dijera que estaba bien, pero continuaba inmóvil en el suelo.

—¡Llama a la policía! ¡Una ambulancia! ¡Verónica! —acerté a decir al fin.

—¡Corramos! —repetía Putu—. ¡Nos matará! ¡Como hizo con mi hermano en Tobelo! ¡Ella misma me lo confesó, en el coche, mientras veníamos, en un trance "maté a tu hermano y te mataré también", lo oí tan claro que de poco me salgo de la carretera! Comía las ofrendas, solo los malos espíritus lo hacen…

Yo no podía creer lo que escuchaba. No podía creer que nada de aquello estuviera pasando de verdad.

—¡Era una broma! —dije al fin—. ¡Fingía! Los trances, las alucinaciones, las ofrendas… ¡Loco! ¡Asesino!

Y cuando Mar comenzó a incorporarse el corazón me dio un vuelco ¡Estaba bien! Tal vez todo esto fuera parte de su truco final, me alegré de verdad. El sudor frío me empapaba la frente y dejé libre el brazo de Putu para secármelo y correr a por Mar, mi Mar, mi sonrisa dulce, y el balinés aprovechó para derribar a Pedro y asestarle un par de puñaladas.

Estaba aturdido, mareado, veía borroso, no sabía qué pensar de todo aquello. Volví a intentar detener a Putu. Se había puesto en pie así que lo agarré por los brazos y se los inmovilicé por detrás de la espalda.

Algo no marchaba bien.

—¡*Suanggi*! —gritaba el hombre.

—*Suanggi* —balbuceé yo.

Porque aquello que se acercaba no era Mar, ni su flequillo, ni sus mejillas. No la reconocía en su cara ni la veía en su cuerpo. Los ojos amarillos, más brillantes que la luna, y la boca entreabierta, mostrando un par de colmillos afilados, amenazantes, con una lengua delgada, larga y escurridiza.

—Te lo dije —dijo aquel algo desde el cuerpo de Mar—, maté a tu hermano y te mataré a ti ahora.

Y se abalanzó sobre Putu. Mientras lo mordía a él me miraba a mí y con unas uñas largas como garras le rasgaba la ropa y la carne, todo a la vez. El hombre convulsionaba sin que yo fuera capaz de soltarlo.

No sé por qué no lo solté, no sé por qué la ayudé a matarlo.

Cuando ya no opuso resistencia cayó al suelo junto a Pedro y yo me quedé frente a Mar, a escasos centímetros de lo que había sido ella, y sus ojos penetraron los míos.

Después se volvió bruscamente y ayudó a Verónica a deshacerse del ovillo en el que estaba hecha y a ponerse en pie. Todo estaba en silencio, incluso las olas que rompían salvajes se habían quedado mudas y, si no fuera porque escuchaba claramente los sollozos de Verónica, hubiera jurado que me había quedado sordo.

Mar la tomó de la mano y ambas se dirigieron lentamente hacia la orilla.

Me dejaron solo.

Verónica ni siquiera se volvió a pedirme ayuda, tan solo se limitó a seguirla. Entre la espuma de las olas que rompían silenciosas pero violentas adiviné sombras negras, retorcidas, humanas y animales, a centenares, aún más negras que la noche oscura que nos rodeaba. Ambas desaparecieron allí, envueltas en brazos, algas y espuma.

Y no salieron más.

¿Cuánto tiempo hacía ya de aquella noche? ¿Siete años? ¿Ocho? Había decidido perder la cuenta y limitarme a hacer lo que debía hacer, cuidar de Mar.

La noche era oscura de nuevo y la arena estaba fría. Me senté y me aparté el pelo de los lados de la cara para ver mejor y escudriñé en la distancia. Allí se acercaban, a lo lejos, el par de turistas ¿americanos? No recordaba y eso que había comido con ellos. Ya me parecían todos iguales. Ellos serían los que me reconocerían a mí, los que vendrían a mi encuentro, para eso les había dicho que vendía la mejor hierba de la isla. Les hubiera dicho que tenía lo mejor del mundo a cualquier cosa que me hubieran pedido, con tal de que vinieran a la playa conmigo, esta noche.

Mar tenía hambre, lo sentía. La vi a lo lejos, emergiendo de entre las olas, reptando en la arena, acercándose.

Los dos turistas me saludaron y se sentaron a mi lado. Ni la vieron llegar.

14 ATENAS - GRECIA

Coincidimos por primera vez en un café de Placa, bajo la mismísima Acrópolis y, curiosamente, consumíamos lo mismo, un frappé, a escasas mesas de distancia. Me llamó la atención lo muchísimo que nos parecíamos.

También tenía el pelo entre castaño y rojizo y le caía por debajo de los hombros, con la nariz recta y los labios marcados.

Estaba escribiendo algo en un cuaderno que apoyaba sobre las rodillas flexionadas y los pies apoyados sobre la silla.

Yo también solía ponerme así cuando escribía, hace años y cosas no muy largas, la verdad. Soy de las que me canso enseguida de todo.

La observé durante un buen rato sin pensar en nada más, dejando aparte mis propias preocupaciones. Era agradable mirarla y pronto llegué a la conclusión de que se trataba de una versión bastante mejorada de mi misma, sin mis problemas y mis interminables quebraderos de cabeza, que tenía ganas y momentos para escribir con las piernas flexionadas en cafés extranjeros ¿Qué más se le podía pedir a la vida?

Hubiera jurado que si se ponía en pie vería que teníamos la misma complexión, entre delgada y atlética. No tuve que esperar mucho para comprobarlo. Se levantó al poco rato y estiró brazos y piernas, desentumeciéndose de su pose de escritora. A medida que pasaba el tiempo nos veía más parecidas, y sonreí.

Después temí que, allí de pie como estaba, fuera a marcharse. Incluso me puse en guardia por si lo hacía, dispuesta a seguirla, pero volvió a sentarse y, dejando a un lado su cuaderno, se concentró en el frappé.

Me gustaba olvidarme de ser yo y pasar el rato así, observándola. Me sentía relajada, tranquila como no había estado en meses. Había encontrado una entretenida ocupación.

Debí bajar la guardia, porque me miró de vuelta un par de veces y me pilló tan ensimismada mirándola que no tuve tiempo de apartar la mirada a tiempo. Me sentí entonces violenta. Me di cuenta de que tal vez la estuviera incomodando con mi escrutinio y decidí levantarme y abordarla antes de que me diera por loca o por rara, definitivamente.

Nos separaban unas cuatro filas de mesas colocadas ordenadamente y a medio ocupar a aquella hora de la mañana, así que, esquivando alguna silla y apartando algún respaldo me acerqué con mi mejor sonrisa.

Ahora era ella la que no me quitaba el ojo de encima.

—Hola —le dije—. ¿Hablas español?

Era lo único que yo hablaba así que esperaba tener suerte.

Y de repente me sonrió ella también y me señaló una silla vacía, a su lado.

Me invitaba a sentarme y acepté.

—Claro —me dijo entonces—, y qué gusto me da oírte. Creo que llevo siglos sin escuchar castellano. ¿Te he visto antes?

Estudiaba mi rostro tan abiertamente como yo había estudiado el de ella. Intentaba localizarlo en algún lugar pero no acertaba dónde. Por supuesto, yo sabía que no nos habíamos visto nunca antes de aquel momento, la hubiera recordado. ¿Cómo no podía llamarle la atención que fuéramos como dos gotas de agua?

—No sé —dije por decir, para que dejara de mirarme tanto—. ¿Dónde te alojas?

Volvió a dar un sorbo a su frappé antes de contestarme.

—Estoy en un hotel cerca de Omonia.

Y señaló en dirección a la plaza, como si pudiéramos verla desde allí, pero no era posible.

—Pues entonces de eso te suena mi cara —inventé—, yo también me alojo por allí.

Y como si aquello me convirtiera en la persona más responsable del universo, se recostó en su silla y me tendió la mano.

—Soy Clara —me dijo.

Yo también me presenté y nos dimos dos besos.

Ya éramos amigas. Así funcionaban las reglas de la amistad entre viajeras.

Hablamos de todo un poco allí sentadas, con la Acrópolis que seguía vigilándonos de cerca y un bullicio constante de turistas que iban y venían atareados entre las compras y las visitas al barrio; apresurando cada paso para no perderse ninguna de las cientos de cosas que ver durante las vacaciones.

Nos sentíamos privilegiadas por simplemente estar sentadas allí, pero sentadas de verdad, no como ellos que estaban de paso. Nosotras charlábamos y veíamos como el día se escurría sin prisa.

Solo cuando llevábamos unas dos horas conversando, me encontré lo suficientemente segura como para contarle cual había sido mi primera impresión: lo mucho que nos parecíamos.

—¿En serio lo crees? —me dijo Clara—. Para nada…

Y nos reímos las dos.

—¡Vamos! —le dije—. El color del pelo, mira, la forma de la cara… a ver, ponte en pie —la animé.

Y me hizo caso riendo.

—¡Si hasta tenemos la misma altura! —le dije—. Uno setenta y…

—¡Uno! —me interrumpió ella.

Y reímos las dos.

—Salgamos de dudas —me dijo entonces—. Conozco un método infalible.

Levantó el brazo y llamó al camarero haciéndole señas de que se acercara. El chico dejó de recoger vasos de una mesa vacía y vino hacia nosotras con la bandeja apoyada en el pecho.

—¿Nos parecemos? —le preguntó Clara sin dejar de reír y señalándonos a las dos—. ¿*Sisters*? ¿*Same*?

El camarero sonrió y galantemente nos dijo:

—*Beautiful sisters* de España.

Y las dos reímos con más fuerza. Aquello lo confirmaba, tenía más validez que cualquier documento oficial.

Nos parecíamos.

Fue el principio de una hermosa amistad.

Yo la recogía de su magnífico hotel por la mañana y pasábamos todo el tiempo juntas, sentadas en cafés, charlando o bailando en las discotecas más famosas.

A mí, lo que más me gustaba era escucharla.

Decía cosas que yo no había oído nunca antes y tenía la cabeza poblada con las ideas más interesantes que hubiera imaginado jamás.

Al principio hablaba de rebelión, de la necesidad de cuestionar todos los paradigmas que nos habían ido grabando a fuego lento desde la niñez y que se demostraban inútiles. Para ella la diferencia entre lo bueno y lo malo era relativa, como si la maldad no existiese.

Solía decir que si Dios era omnipresente, también debía estar entonces en lo que considerábamos malo y, por tanto, dejaba de serlo.

Su dogma número uno era el de no juzgar.

E incluso por las noches, ya sola, mientras miraba el techo desconchado y agrietado de la habitación del mísero hostal en el que me hospedaba, sus palabras seguían retumbando en mi cabeza.

Para mí todo eran revelaciones y me gustaba que, de repente, todo lo que siempre habían dicho de mí, no fuera verdad. Yo era un paradigma.

Recuerdo que un día le pregunté por la espiral que llevaba al cuello. Era de oro blanco, como el colgante. La había comprado, según me contó, en una joyería de Tesalónica, al norte del país. Me dijo que simbolizaba el camino de subida al monte Helicón, la morada de los dioses. Era un camino en forma de espiral que rodeaba el monte, hacia arriba, y significaba justo eso, la conquista de la cima, del centro, de la propia síntesis… el acceso a la unidad del universo dentro de uno mismo.

Yo la miré tan extrañada que se echó a reír y me lo explicó de nuevo. Se trataba de encontrar el Dios que moraba dentro de cada uno de nosotros y ser dueños de nuestro propio destino.

Reaccionar.

¿Y cómo se hacía eso? ¿Cómo se luchaba contra lo que una era y las decisiones que había tomado en su vida?

Cuando estaba con Clara parecía entenderlo todo, verlo posible… pero sola en mi habitación del hostal no conseguía dar con la manera de ponerlo en práctica.

Yo sentía que todo lo que me decía era verdad. No dudaba un ápice de ninguna de sus afirmaciones, tenía la esperanza de que así fuera. Sus palabras comenzaban a hacer mella en mí y necesitaba oír más, saber lo que aquella versión mejorada de mi misma, feliz, pensaba.

Yo le hacía preguntas y, a raíz de ellas, nuestras conversaciones se hicieron cada vez más trascendentales, por decirlo de alguna manera.

No podía evitar quedar hipnotizada, encantada, mientras me decía que todos teníamos un propósito en la vida, elegido aún antes de nuestro nacimiento. Que todo lo que sucedía a nuestro alrededor, cada persona con la que nos cruzábamos, cada suceso y cada pensamiento sucedían en el momento preciso para conducirnos a la consecución de nuestro fin.

—Que tú y yo nos hayamos encontrado —me decía— es también una señal, no lo dudes. Podríamos decir sin equivocarnos que soy la persona con la que debías encontrarte en este preciso instante para contarte todo esto. Nuestro encuentro es necesario.

Yo asentía. Es cierto que no acababa de comprender al cien por cien el alcance de sus palabras pero algo me decía dentro de mí que tenía sentido y debía aprender más.

Y mientras en soledad estudiaba nuestras conversaciones, me repetía que nuestro encuentro era en verdad necesario pero, ¿para qué?

Me gustaba su manera de ver el mundo. Era tan opuesto al mío. Yo me sentía atrapada, ligada a todo, sin salida ni esperanza y ella era la libertad más absoluta.

Al cuarto día de nuestro encuentro me regaló un diario parecido al suyo y la verdad es que me hizo muchísima ilusión. A mí no solían regalarme nada, nunca.

—¿Y qué escribo? —le pregunté.

—Lo que quieras, mujer —me respondió sonriendo—. Este diario es tu lugar secreto. Puedes hablarle de todo lo que te venga en gana y te ayudará a conocerte a ti misma. Te sorprenderás de lo que descubras.

Examiné la encuadernación y le pasé los dedos por encima. Debía ser de piel, parecía bueno, pero no estaba segura de querer conocerme a mí misma. Con lo que ya sabía de mí, me bastaba.

—¿Qué escribes tú en el tuyo? —quise saber.

—¿Yo?... De todo. Pensamientos, historias, vivencias, viajes, encuentros… Lo comencé en Camboya el año pasado y no he parado desde entonces. Soy adicta a él. Ya verás tú… cuando empieces no vas a poder dejarlo.

Y pensé en su diario y las cosas tan interesantes que debía contener. Después miré el mío y sonreí.

—Muchas gracias —le dije.

A Clara la vida le iba bien. Cuando comenzó a intuir que no me venía bien cenar en determinados sitios o ir a ciertos lugares, no me hacía preguntas y simplemente pagaba por las dos.

Así de fácil. Para Clara todo era fácil.

Y, como todo lo que tiene un principio tiene también un final, Clara me dijo un día que estaba pensando en marcharse, que ya llevaba demasiado tiempo anclada en Atenas.

A mí aquello me vino muy mal.

—El sábado —me dijo—, estoy pensando en coger un ferry a Santorini y de allí no sé, tal vez vuelva a Europa, según lo cansada que acabe de tanta playa.

Yo agaché la cabeza. No quería que se diera cuenta, me daba vergüenza estar tan triste, pero no lo pude ocultar.

—¿Qué te pasa? —me preguntó—. ¿Te da pena? Anímate, mujer...

—No es nada, es que justo el sábado —le dije y era verdad— es mi cumpleaños y pensé que...

—¡Tu cumpleaños! —me interrumpió pasándome un brazo por el hombro—. Pues no se hable más, que los cumpleaños no se perdonan ¿Qué te parece si nos vamos juntas a Santorini? El sábado, mano a mano, y pasamos allí un par de días, para celebrarlo como debe ser... Después el lunes yo ya me voy donde el destino me lleve

—y levantó los brazos simulando que eran alas mientras lo decía—, y tú te vuelves a Atenas o lo que quieras.

Yo la miré sonriendo intentando parecer animada, por ella.

—No puedo hacer eso —le dije— es demasiad…

—No me digas más. Ya te he dicho que los cumpleaños son sagrados y la vida son dos días, así que, considéralo como un regalo de mi parte.

Yo la miraba sin saber qué decir a tan generosa oferta.

—Te lo mereces, ¿o no? No me digas que no te mereces coger la vida por los cuernos y disfrutar de cada momento… ¿Qué me dices?

Desde luego Clara sabía cómo convencer a cualquiera y a mí me volvió a inyectar su fuerza, su vitalidad y cuando me vio por fin animada, ella aún se animó más si cabía.

—¿Sabes lo que te digo? ¡Qué vamos a empezar a celebrar tu cumpleaños desde ya!

—Pero si faltan dos días, estamos a jueves —le repliqué riendo.

—Razón de más, solo nos quedan dos días.

Salimos del café riendo y saltando. Corrimos por todo Placa saludando por su nombre a todos los vendedores que ya nos eran familiares y, cuando estuvimos cansadas de reír, nos detuvimos, por casualidad, frente a un póster colgado en la pared, para recobrar el aliento.

En el póster había diferentes símbolos, la mayoría de la mitología griega. Se trataba del póster de entrada de una casa de tatuajes.

—¡Mira! —me dijo Clara—. Esto es una señal, para que veas.

Yo no entendía nada.

—¿No decías que te gustaba mi espiral? —me dijo—. ¿Y si nos tatuamos una para siempre?

—¿Tatuarnos?

Nunca me había planteado el hacerme un tatuaje. No figuraba en la lista de todas las cosas imposibles que había hecho en mi vida, que no eran pocas. Simplemente nunca me pasó por la cabeza y no me hacía especial ilusión.

Tampoco quería negarle nada a Clara y asentí por fin. Mi amiga empujó la puerta, riendo, y anticipándose a lo que íbamos a hacer.

Primero fue ella y después yo, una espiral perfecta, preciosa, única, en el cuello, detrás de la oreja, que nos acercaba más y nos hacía más iguales.

Y mientras la veía a ella sentada allí, inmóvil y mirándome de reojo, evitando reírse para que al tatuador no se le desviara la aguja, todas nuestras conversaciones cobraron sentido en mi cabeza.

Fue una auténtica revelación y cuando llegó mi turno fue tomando forma con cada golpe de aguja, como si me la estuviera grabando en la espiral.

No recuerdo haber tenido nunca un momento de lucidez tan grande como aquel y aprendí, por fin, que yo era una diosa, la dueña y señora de mis propio destino y que todo estaba a mi alrededor por alguna razón.

Sentí una tremenda emoción: había encontrado mi propósito en la vida.

Cuando llegué al hostal aquella noche me detuve junto a los ordenadores que había en la zona común y me senté frente a uno de ellos. Tardó como cinco minutos en reiniciarse. Era prehistórico, pero no me importó. No tenía prisa. Clara tenía razón en todo lo que decía: cuando una encuentra su propósito, su significado en este mundo, el tiempo se detiene, flota y no hay prisa. Lo único que importa entonces es poner atención para saborear el momento, y yo estaba atenta.

Me llevó unos veinte minutos más pero al fin lo hice. Escribí un post en mi Facebook. Hacía ya meses del último.

"A Santorini para celebrar mi cumpleaños" y adjunté una foto con el cuello bien estirado en el que se apreciaba claramente el tatuaje, la espiral perfecta, y mi mejor sonrisa.

Cuando subí por fin a mi habitación me quedé mirando el techo durante horas.

No pegué ojo en toda la noche.

Por fin llegó el sábado. Preparé la mochila con algunas cosas que había comprado exclusivamente para la ocasión y me fui al hotel de

Clara. Habíamos quedado a las siete de la mañana, de allí al Pireo, al puerto, y unas diez horas más tarde, estaríamos en la isla.

Llegaríamos a punto para arreglarnos e ir a cenar.

Me había levantado con un monumental dolor de cabeza, aunque mejor llamarlo por su nombre: resaca de la noche anterior, de nuestra despedida de Atenas, juntas. El viaje en barco no me estaba sentando demasiado bien que dijéramos, así que, mientras Clara era toda alegría yo no me despegaba de mi butaca, con gorro puesto y gafas de sol.

—En cuanto llegue se me pasa —le decía—. Me daré una ducha y a comernos la isla.

Y Clara me empujaba y me tiraba de las orejas.

—¡Es su cumpleaños! —chillaba a todo aquel que pasara por nuestro lado—. ¡*Wish well to the birthday girl*!

Y yo me escondía debajo del gorro, cubriéndome los oídos con las alas. Me iba a explotar la cabeza, en serio.

Llegamos al hotel en taxi. Estaba apartado, sobre una colina desde la que se veían los bordes de la isla y la playa abajo, interminable. Estaba ya oscuro. Era un hotel lujoso, con villas de dos plantas separadas entre sí y piscina. Era un lugar precioso, el más bonito que había visto en mi vida. Perfecto para cumplir años y renacer.

Entramos. En la planta baja había un gran salón, un baño y una habitación; en la planta superior una suite con una bañera enorme e hidromasaje. La cama de la suite era de cuento de hadas, limpia, mullida, con sábanas de algodón, yo la repasé con mis dedos.

—Hacemos una cosa —me dijo Clara—. Me ducho yo primera en cinco minutos y después te metes tú en la bañera de hidromasaje, que te vendrá bien, y te tomas tu tiempo.

Me parecía más que perfecto.

—Vale —le dije señalando la puerta acristalada. Estoy mientras en la terraza tomando el aire.

—Pero quítate el gorro y las gafas, mujer, que ya es de noche —me dijo riendo.

Y yo reí de vuelta.

Cuando se hubo encerrado en el baño, yo me metí de nuevo en la habitación. Saqué mi documentación de la mochila y la dejé sobre la cama de algodón. Después, busqué la cartera de Clara con sus documentos y me la guardé, agarré mi mochila y bajé los escalones de dos en dos. Salí de la villa a todo correr y me escondí entre unas piedras altas, no muy lejos.

Desde mi escondite divisaba la puerta principal, la pared de cristal con la escalera que subía arriba y la terraza.

No perdí de vista cualquier movimiento, en la noche, mientras en mi cabeza resonaban las palabras de Clara acerca de la necesidad de nuestro encuentro.

“Nuestro encuentro es necesario”.

Me lo repetía como un mantra.

Debieron pasar diez minutos cuando Clara se asomó a la terraza, miró alrededor y se encogió de hombros cuando no me vio allí. Corrió entonces las cortinas bruscamente, parecía enfadada.

"Lo siento", pensé.

Salió y entró un par de veces más y yo la miraba desde allí abajo, atenta a sus movimientos.

Estaba claro que se estaba preguntando dónde narices estaba.

Y unos quince minutos después los vi acercarse entre las sombras, abrir la puerta de nuestra villa y tras mirar a derecha e izquierda para asegurarse de que nadie los veía, entrar. No encendieron las luces de abajo y vi sus sombras subiendo sigilosas las escaleras, a través de la pared de cristal.

Después, un poco más de movimiento. Sombras proyectadas en las cortinas, algún tirón, seguramente de Clara que estaría intentando salir a la terraza, escapar, y yo no respiré siquiera, inmóvil, mientras repetía mi mantra:

"Nuestro encuentro es necesario".

Cuando las luces de la habitación de arriba se apagaron y todo quedó en penumbra, adiviné sus contornos bajando de nuevo la escalera y saliendo de la villa nerviosos. Eran tres.

Habían enviado a tres a hacer el trabajo. Vaya.

Anduvieron hasta el parking, se montaron en un coche y desaparecieron. Al parecer habían estado todo el tiempo allí, seguramente incluso nos los cruzamos al llegar. Yo sabía que no me sobraban ni las gafas ni el gorro.

Esperé unos minutos más después de que se hubieron marchado para volver a la villa. Abrí la puerta con mi llave y subí las escaleras. Entré en el dormitorio y encendí la luz. Me acerqué a las cortinas y las cerré del todo, después me volví hacia Clara, en el suelo, y me agaché a su lado.

Era inútil comprobar si respiraba, que para eso habían enviado a tres sicarios nada más ni nada menos y esos no se dejan el trabajo a medias.

La habían pateado, de ahí la sangre en la camiseta y el pantalón, y tenía moratones en la cara. El cuello estaba morado y la lengua hinchada, la habían estrangulado antes siquiera de que hubiera podido contarles que no era ella a quien buscaban.

Así eran.

Me levanté y me dirigí al baño. Allí me descolgué la mochila y conecté a la corriente la máquina que había comprado el día anterior. Con ella me rapé la cabeza entera, blanca como una bombilla y esparcí mi pelo por todas partes.

Después me provoqué el vómito en la bañera, eso fue fácil.

Y por último, el toque de gracia. Me golpeé los dientes con el martillo que también llevaba en mi mochila y saltaron un par de ellos. No era muy grande el martillo y los dientes ya estaban medio sueltos, rotos, de cuando me tocaba pelearme un día sí y otro también; de cuando no tenía más opción que hacerlo o me mataban.

Había hecho bien en abandonar aquella vida, era un auténtico infierno. Lo malo, que no se perdonan ese tipo de traiciones y enseguida envían a asesinarte.

Cogí mis dientes rotos y se los puse a Clara cerca de las manos, para que no estuviera sola, para que tuviera algo mío al fin y al cabo, y me despedí de ella.

Ya había suficientes restos míos para que pensaran que yo también había muerto allí.

Le desabroché el colgante de la espiral del cuello y me lo puse. Yo le había dado mis propios dientes, también me apetecía tener algo de ella.

Cogí el diario de entre sus cosas y le hablé mientras acariciaba sus últimas letras escritas con las yemas de mis dedos.

"Fiesta", decía.

—Gracias, Clara. Me has hecho el mejor regalo de todos, me has salvado la vida. Ahora comprendo todo lo que me decías en estos días y tiene tanto sentido… tu propósito era ayudarme, y el mío, el mío era sobrevivir.

"Lo intuí la primera vez que te vi con el frappé y las piernas dobladas, escribiendo en tu silla. Estábamos destinadas la una para la otra. Mi amiga, mi hermana.

"Todo sucedió tan rodado… fluyó tanto, como dirías tú, que al final supe que hacer. Bueno, en realidad yo no hice nada, las señales me las diste todas tú: primero me dijiste que la maldad tenía cabida en Dios y me diste esperanza, después la idea de que necesitábamos encontrarnos, que estabas ahí para mí en este preciso instante, y como colofón el tatuaje… sabía que en cuanto publicara mi localización en Facebook vendrían a buscarme y pensarían que eras yo en cuanto te vieran la espiral. Llevaban meses detrás de mí, ya ves, nada más y nada menos que tres sicarios enviaron. Soy una presa valiosa.

Saqué de mi mochila las últimas cosas: el alcohol y el pequeño detonador. Rocié todo un poco y a Clara. Ya lo había hecho otras veces, así que salí de allí antes de que la habitación saltara por los aires.

Y mientras me alejaba, me acaricié el colgante que trazaba la espiral. De repente me había convertido en la mejor versión de mi misma.

15 PIRINEO ARAGONÉS - ESPAÑA

Se me echaron el monte y la noche encima. Subir había sido relativamente sencillo pero bajar se me estaba haciendo un calvario. Me había torcido el pie en una caída, a unos veinte minutos de la cima, y apenas podía moverme.

Tuve que detenerme para quitarme la bota y ver cuál era el alcance de los daños. Aquello no dejaba de hincharse y amoratarse, así que supongo que no iba nada bien y cuando quise calzarme la bota de nuevo, no hubo manera.

Dolía horrores con cada rozadura e incluso, cuando saltaba con la otra pierna, el dolor era agudo y punzante, así que estaba empezando a preocuparme de verdad.

Yo no era ningún experto en montañismo ni nada parecido y no tenía ni idea de lo peligrosa que podría llegar a ser la noche en aquellos parajes, si habría animales salvajes o bajarían mucho las temperaturas… Aquello era un auténtico imprevisto, así que lo mejor, a mi parecer, aun a costa de dañarme más el pie, fue continuar bajando, lento pero seguro, y ya llegaría cuando hubiera que llegar.

Hubiera agradecido un bastón de los de verdad en lugar de la rama enclenque en la que me apoyaba y que me estorbaba más que otra cosa y algo más de agua y de comida.

Hacía unas horas que había acabado con todas mis provisiones, arriba, en la cima, cuando me sentí eufórico por haberlo conseguido y pensé:

"¿Para qué llevar todo este peso de nuevo abajo? Me lo como y listo".

Ese era yo.

Y me pasé toda la bajada lamentando aquella decisión.

En condiciones normales, a buen paso, no me hubiera llevado ni tres horas bajar, pero ese era justo el tiempo que llevaba y no había cubierto ni un tercio del camino.

Aquel día iba a ser memorable.

Escuché los primeros aullidos al poco de ponerse el sol y se me puso la piel de gallina. Ni siquiera llevaba una linterna encima y me arañaba con las ramas bajas. Me estaba desesperando cada vez más y sabía que debía acelerar el paso, salir de allí lo antes posible.

Me senté en una piedra, abrí mi mochila y me lie el pie desnudo con una camiseta, apretando bien, incluso metí por dentro algún palito que encontré, para reforzar, y cuando estuvo hecho, hice un esfuerzo sobrehumano y embutí todo aquello en el calcetín.

No sabía si lo que acababa de hacer sería muy saludable para mi pie, pero al menos lo llevaba más sujeto y no se resentía tanto cuando saltaba con el otro o cuando se rozaba con algún matojo, incluso comencé a apoyarlo suavemente, cuando ya no podía más con el otro y, al fin, cuando estaba a punto de tirar la toalla y tumbarme allí mismo boca arriba a esperar a que me rescataran, llegué a la carretera.

Era la una y veinticinco de la madrugada.

Había llegado hasta allí haciendo dedo, así que de nuevo debería esperar a que alguien pasara y me llevara. Sería complicado pero al menos no estaba perdido en el monte y, si alguien se acercaba, haría lo posible por mostrarle que estaba herido, a ver si paraba y me hacía un gran favor.

La noche era cerrada y aunque ya no estaba solo en medio del bosque, lo estaba en medio de la calzada, tan oscura a aquellas horas como la boca de un lobo. Debía buscar un lugar en el que esperar, seguro, en el que me vieran, o podrían acabar atropellándome.

Caminé por el arcén, apoyándome en la barrera de seguridad de la cuneta, y tras el primer recodo encontré, allá adelante, a unos doscientos metros, un panel grande iluminado, en un ensanchamiento de la calzada. Era el que contenía el mapa de subida al monte para los senderistas con las señales a seguir y las indicaciones de seguridad.

Tenía también algún anuncio y carteles de conciertos, así que me dirigí hacia él.

Allí vería y sería visto.

Y tras el último esfuerzo, con el pie latiéndome furioso dentro del vendaje improvisado, esperé.

Lo bueno es que estaba en una recta y me verían de bien lejos, así que si hacía las señales adecuadas, si mostraba mi pie herido, no tendrían más remedio que parar… al menos yo pararía.

Estaba empezando a formarse una niebla baja y espesa, avanzaba por minutos y recé para que no me cubriera antes de que pudieran sacarme de allí.

La carretera era de dos sentidos y pasaba junto a la falda de todos los montes, uno tras otro, serpenteando entre ellos, sin cruces, sin intersecciones, sola, y comencé a ver imposible que alguien la cruzara a aquellas horas de la madrugada, martes y febrero; pero al fin, unos veinte minutos después de hacerme a la idea de dormir al raso, vi como trazaban las ondas suaves del camino un par de faros, acercándose. Tragué saliva y, aun antes de que pudieran verme, comencé a hacer señales de parar, moviendo los brazos lo más alto que pude, señalándome el pie enrollado en la camiseta y rogando en voz baja que lo hicieran.

Me dolía horrores el pie.

Aminoró la marcha y, a medida que se acercaba, comencé a escuchar cada vez más fuerte la canción que llevaba puesta en la radio ¿Era Autopista al Infierno de ACDC? Muy apropiado, sí señor.

Tenía las luces de los faros cada vez más encima, cada vez más lentas, y yo continuaba con mi baile de brazos para que no siguieran de largo.

El vehículo se detuvo al fin y, bajando las ventanillas de mi lado, asomaron la cabeza el copiloto y el que iba sentado en el asiento trasero.

Me miraban realmente extrañados y bajaron el volumen de la radio considerablemente para estudiarme mejor con todos los sentidos.

—¿Eres un loco, un asesino o un ladrón? —me preguntó el de atrás.

—¿Y vosotros? —les pregunté yo de vuelta.

La pregunta no iba en broma, pero les debió hacer mucha gracia y me indicaron que subiera.

Eran tres chicos, más jóvenes que yo, debían tener los veinte recién cumplidos.

—¿Qué haces por aquí a estas horas? —preguntó el conductor.

—Me torcí el pie bajando el monte y se me ha echado la noche encima, creo que necesito un hospital.

El que iba en el asiento del copiloto se volvió a mirarlo y lo levanté un poco pero solo se veía el lío de calcetín, palos y camiseta.

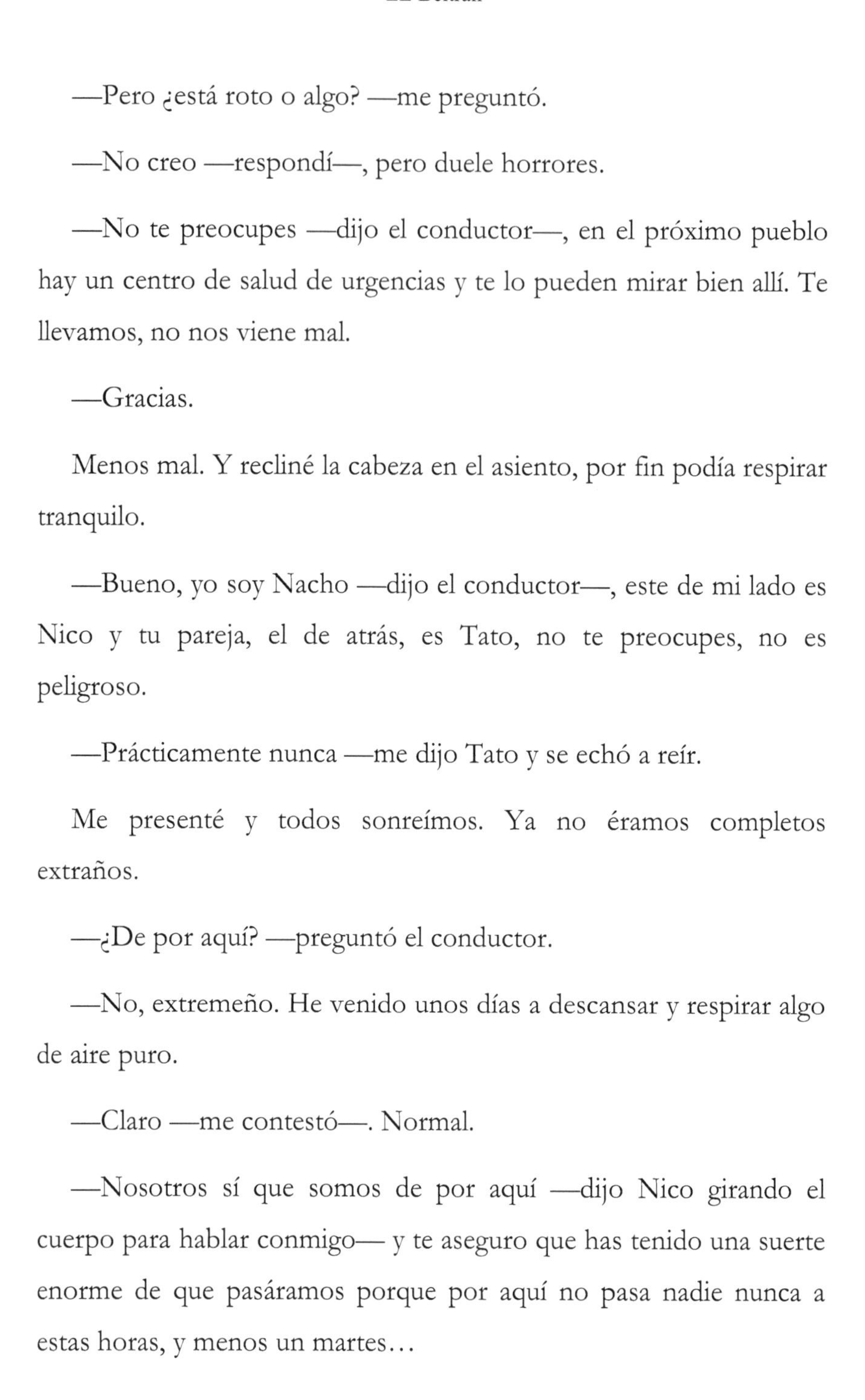

—Pero ¿está roto o algo? —me preguntó.

—No creo —respondí—, pero duele horrores.

—No te preocupes —dijo el conductor—, en el próximo pueblo hay un centro de salud de urgencias y te lo pueden mirar bien allí. Te llevamos, no nos viene mal.

—Gracias.

Menos mal. Y recliné la cabeza en el asiento, por fin podía respirar tranquilo.

—Bueno, yo soy Nacho —dijo el conductor—, este de mi lado es Nico y tu pareja, el de atrás, es Tato, no te preocupes, no es peligroso.

—Prácticamente nunca —me dijo Tato y se echó a reír.

Me presenté y todos sonreímos. Ya no éramos completos extraños.

—¿De por aquí? —preguntó el conductor.

—No, extremeño. He venido unos días a descansar y respirar algo de aire puro.

—Claro —me contestó—. Normal.

—Nosotros sí que somos de por aquí —dijo Nico girando el cuerpo para hablar conmigo— y te aseguro que has tenido una suerte enorme de que pasáramos porque por aquí no pasa nadie nunca a estas horas, y menos un martes…

—Es que nosotros somos músicos —interrumpió Tato a mi lado—, tenemos un grupo. Somos Los Obtusos y venimos de ensayar, se nos hacen las tantas, con buena música, ya sabes. Yo soy el batería, Nacho el bajo y Nico hace como que canta.

—Sí, sí y tú como que tocas, payaso —le replicó su compañero ofendido.

—¿Un grupo? —pregunté para bajar un poco los humos—. Interesante…

—Es muy interesante, la verdad —dijo Tato—, estamos empezando, pero se nos da bien.

Y martilleó el asiento delantero con los dedos.

—No hagas eso, Tato, que retumba —se quejó el conductor.

Y se hizo el silencio.

—Mil gracias por parar —les dije por decir algo y porque era verdad.

—Pues no sabíamos si parar o no —dijo Nacho—, no te imaginas la cantidad de leyendas urbanas que hay por estos montes, ya sabes, de muertos, espíritus… no sabíamos si podrías ser la chica de la curva…

Y todos nos echamos a reír.

—Pues menos mal que os ha dado por parar, en serio —dije—, que me veía pasando la noche al raso.

—¿Crees en los fantasmas? —me preguntó Tato.

Yo me encogí de hombros. Ni creía ni dejaba de creer.

—No sé, lo respeto… creo que nos queda mucho todavía por entender, acerca de todo…

—¿De qué? —me volvió a preguntar.

—No sé, pues acerca del alma, o de la existencia de dimensiones paralelas, o incluso si hay vida en otros planetas… Estamos muy verdes.

—Nosotros sí que creemos —me dijo el Tato—. Si te hubieras criado en estos montes, creerías. Aquí hay mucha alma en pena y muchas historias, pero no historias de las de la tele, inventadas, sino historias reales que les han pasado a personas de por aquí, a mi abuelo, por ejemplo, o a los del bar del Churro. En las noches como estas, oscuras y de niebla baja, los montes se llenan de espíritus.

Yo me acerqué a la ventanilla y miré hacia afuera. El cielo estaba oscuro, pero se adivinaba la silueta de los picos, aún más oscuros e inhóspitos. Era imposible que no se te pusiera la piel de gallina, que no creyeras cualquier cosa que te contaran acerca de estos lugares.

La quietud que lo envolvía todo, los miles de años de historias que serpenteaban por esta misma carretera y la propia naturaleza, salvaje, eran aún más imponentes que cualquier fantasma.

Comenzó a sonar en la radio *It´s raining men* y la apagaron. Mejor así, que rompía bastante la atmósfera.

—Hay una historia —me dijo Tato mirándome fijamente— que me contaron una vez, no sé si vosotros la sabéis… la de Enrique.

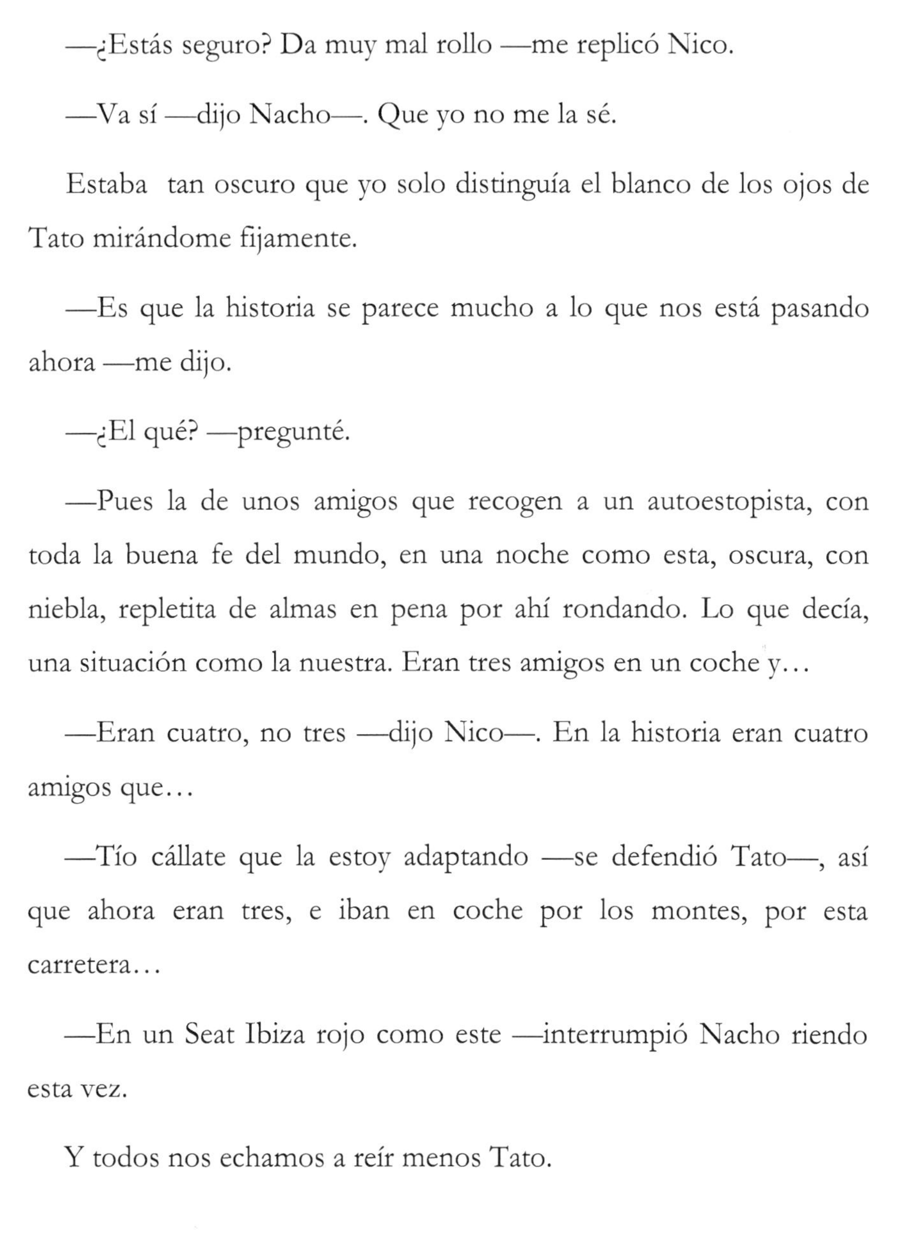

—¿Enrique? —preguntó Nico meneando la cabeza.

Nacho asentía, parecía que él se la sabía.

—Cuéntala —propuse curioso.

—¿Estás seguro? Da muy mal rollo —me replicó Nico.

—Va sí —dijo Nacho—. Que yo no me la sé.

Estaba tan oscuro que yo solo distinguía el blanco de los ojos de Tato mirándome fijamente.

—Es que la historia se parece mucho a lo que nos está pasando ahora —me dijo.

—¿El qué? —pregunté.

—Pues la de unos amigos que recogen a un autoestopista, con toda la buena fe del mundo, en una noche como esta, oscura, con niebla, repletita de almas en pena por ahí rondando. Lo que decía, una situación como la nuestra. Eran tres amigos en un coche y…

—Eran cuatro, no tres —dijo Nico—. En la historia eran cuatro amigos que…

—Tío cállate que la estoy adaptando —se defendió Tato—, así que ahora eran tres, e iban en coche por los montes, por esta carretera…

—En un Seat Ibiza rojo como este —interrumpió Nacho riendo esta vez.

Y todos nos echamos a reír menos Tato.

—Pues, mira por donde, la historia no especifica coche así que podría ser —saltó Tato enfadado—, un Seat Ibiza rojo con la matrícula de tu padre.

—No te pases —replicó Nacho— o todavía llegas al pueblo andando, listo. Cuenta la historia pero adelanta algo, que ni siquiera hemos recogido aún al autoestopista.

Tato se puso serio de nuevo y continuó:

—Pues resulta que los del coche vieron a lo lejos, en la carretera, un autoestopista que meneaba los brazos y se señalaba el pie con una cara de pánfilo…

Y todos rieron de nuevo, hasta Tato.

—Muy graciosos —dije— supongo que esa era mi cara de antes, ¿no?

Todos rieron de nuevo.

—Da gracias —dijo Nacho—, que si no llegas a tener aquella cara de chiste no te paramos.

Y esta vez reí yo también.

Tato carraspeó y nos callamos. La historia continuaba.

—A lo que íbamos… Resulta que allí en medio de la noche oscura estaba aquel autoestopista, herido, y claro, los chicos del coche pararon y se ofrecieron a llevarlo al hospital al que vamos ahora, pero desde el primer momento, aquel muchacho les dio mala espina a todos. Tenía una mirada sombría, diferente y estaba quieto, sin decir nada.

“Se arrepintieron de haberlo cogido, habían hecho mal, lo sabían, y para romper un poco el hielo le preguntaron que cómo se llamaba y eso. Les dijo el tipo que se llamaba Enrique, que estaba de paso y que llevaba años, atentos a esto, caminando por los montes.

“Les contó que se alimentaba de la carne cruda que cazaba con sus propias manos, sin armas ni palos ni nada, y os podéis imaginar la cara que se les quedó a los del coche, que no sabían si seguir o parar o qué hacer.

“Les dijo también que se había roto el pie, o torcido, no sé, como tú, y que por eso llevaba unos días sin poder cazar nada y estaba hambriento… y allí fue cuando delante de los chicos, dentro del coche, comenzó a transformarse en un ser grotesco y demoníaco, con unos dientes afilados enormes y unas garras terribles.

“Se cuenta que los despedazó allí mismo, con el coche en marcha, y que se los comió. Al conductor le abrió la garganta en canal y le arrancó la cabeza con el coche dando bandazos a derecha e izquierda, hasta que se quedó parado, y mientras al copiloto le sacó los ojos de las cuencas, los dos de una vez, y a los de atrás…

—¿No decías que iban tres? —interrumpió Nico—, sería al de atrás… Si adaptas, sé fiel a tu adaptación.

—Bueno —prosiguió Tato—, pues al de detrás se lo cargó también y se lo comió. Se los comió a todos y se dice que en noches como estas, oscuras y endemoniadas, si dices su nombre tres veces, se aparece y te mata para alimentarse.

Todos nos quedamos callados. Incluso así de mal contada la historia como él la contó, tenía su aquel. No era muy diferente de las historias que cuentan en mi tierra, o en cualquier lugar, supongo, para persuadir a los jóvenes de hacer dedo o parar a desconocidos.

Una historia como aquella podría salvarte la vida.

—Es brutal —dijo Nacho—. Me he quedado flipando.

—Sí, está muy bien —dije yo.

—No, no está nada bien —dijo Tato—, porque podría ser verdad.

—¿Cómo? —pregunté.

—Pues eso —dijo Nico entonces—. Que bien podrías ser tú el caníbal asesino ese.

—¿Qué hacías en pleno febrero en el monte? —me preguntó Tato.

—El idiota —les dije.

Y lo decía de corazón, visto lo visto.

—Y... ¿qué pasa si digo tu nombre tres veces? ¿Vas a comernos? ¿A matarnos? —dijo Nico totalmente vuelto hacia mí.

Los ojos de Nacho también estaban clavados en mí a través del espejo.

Lo que me apetecía realmente en aquel momento era decirles que sí, que si decían mi nombre tres veces me los comería y les sacaría la cabeza y los ojos, pero algo me decía que estos tres no atenderían a bromas ni le encontrarían la gracia al asunto, es más, bien pudiera meterme en un lío si lo decía.

Lo mejor era apaciguar los ánimos.

Me saqué la cartera del bolsillo y les enseñé mi DNI.

—¿Creéis que los asesinos de los montes aislados de la civilización llevan el DNI encima? Y encima me lo renové hace un año, creo que esto me descarta…

Para mi sorpresa me cogieron el documento de las manos y se lo pasaron los unos a los otros. Estos tipos estaban como una cabra, tal vez era yo el que debía comenzar a tomar precauciones.

—Extremeño, veinticinco años, hijo de Eleonora y Jacinto —comencé a cantarles mis datos—, tonto de nacimiento por subir al monte y torcerme el pie.

No se rieron por la broma.

Aquellos tres estaban seriamente pensando que yo debía ser un demonio encarnado y caníbal y me estaba empezando a asustar de verdad. Alguien capaz de creer algo así no debía estar muy cuerdo.

Ya veía el pueblo, el campanario y las primeras casas, así que me envalentoné un poco, ya no me daba miedo que me dejaran tirado en medio de la nada con el pie a punto de explotar.

—¿Y qué me decís de vosotros? —dije—. Anda que no hay historias de asesinos que cogen a pobres autoestopistas y los despellejan… yo también debería comenzar a pediros el DNI.

Y se volvieron a mirarme.

—Ya te vale, encima que nos jugamos el tipo por ti —me dijo Tato.

Una parte de mí seguía esperando que de repente se echaran a reír y me confesaran que era todo una broma, pero los ojos de Tato seguían mirándome abiertos y blancos, esperándose cualquier cosa de mi parte.

—Y la historia del Enrique ese… mala de narices… solo apta para pueblerinos.

Y me eché a reír. Ya veía el símbolo del ambulatorio y no me hacía falta su ayuda por más tiempo, así que si me echaban del coche, mejor que mejor, no seguiría aguantándolos.

Supe que hacer para conseguirlo.

Me puse muy serio y con una sonrisa maquiavélica, dije:

—Enrique, Enrique, Enr…

Y no pude decir más. Nacho dio un giro de volante tan brusco que Tato y yo nos golpeamos la cabeza y detuvo el coche con un chirrido de ruedas.

Nico salió del asiento del copiloto y abriendo mi puerta me agarró de la espalda y me sacó a rastras del vehículo, al suelo, en la carretera.

Después subió de nuevo al coche y continuaron. Yo me quedé boca arriba echado en la cuneta y sin parar de reír.

—¡Imbéciles! —chillé al cielo, todavía riendo—. ¡Obtusos! ¡Qué bien os viene el nombre del grupo!

Me incorporé, al fin y al cabo ya estaba en el…

No podía ser verdad.

Miré en todas direcciones pero no había ni rastro del pueblo, del campanario ni de la señal del ambulatorio. Estaba en la carretera, bajo el monte, con el panel iluminado a mi lado.

No podía ser posible.

Era la una y veinticinco de la madrugada.

Me acerqué cojeando al panel y me apoyé en él, comprobando, efectivamente, que era el monte que acababa de bajar, el cartel en el que había estado antes… pero la carretera no era circular, era recta… aquello no era posible.

De repente un par de anuncios me llamaron la atención.

En el primero, una foto mía.

Desaparecido.

Visto por última vez hacía ya tres años, por estos parajes.

Mi corazón latía con fuerza y estaba comenzando a marearme. No estaba perdido, no estaba perdido… ¡estaba allí!

Y el siguiente anuncio, el de un concierto… por la memoria de un grupo local, Los Obtusos, en el quinto aniversario de su accidente fatal.

Aquello no podía ser verdad, debía tratarse de una broma, no podía ser verdad… Tenía que salir de allí, demostrar que estaba bien, que no estaba perdido…

Y de repente vi unos faros, a lo lejos, que serpenteaban con la carretera y se acercaban hacia mí. Moví los brazos, haciendo señales y mostrando mi pie herido, para que pararan, debían hacerlo.

Aquel vehículo aminoró la marcha y, a medida que se acercaba, comencé a escuchar cada vez más fuerte la canción que llevaba puesta en la radio ¿Era Autopista al Infierno de ACDC? Muy apropiado, sí señor.

Tenía las luces de los faros cada vez más encima, cada vez más lentas, y yo continuaba con mi baile de brazos, para que no siguieran de largo.

Se pararon al fin y, bajando las ventanillas de mi lado, asomaron la cabeza el copiloto y el que iba sentado en el asiento trasero.

Me miraban realmente extrañados y bajaron el volumen de la radio considerablemente para estudiarme mejor con todos los sentidos.

—¿Eres un loco, un asesino o un ladrón? —me preguntó el de detrás.

—¿Y vosotros? —les pregunté yo de vuelta.

La pregunta no iba en broma, pero les debió hacer mucha gracia y me indicaron que subiera.

Eran tres chicos, más jóvenes que yo, debían tener los veinte recién cumplidos.

Estaba de suerte.

ACERCA DE LA AUTORA

Llevo viajando desde que decidí tomar las riendas de mi vida y, es por eso, que sé lo que es dejarse el alma olvidada en una estación de tren.

Yo no elegí mis destinos, ellos me eligieron a mí y no tuve más remedio que afrontarlos.

Son mi orgullo, mi historia y mis recuerdos… soy yo.

Para cualquier cosa, estoy en:

llbeltran@outlook.com.ar
http://www.facebook.com/elle.beltran.92

19844647R00163

Printed in Poland
by Amazon Fulfillment
Poland Sp. z o.o., Wrocław